天馬よ 剣道宮崎正裕

目次

装丁　浅田　博

横浜　玄武館坂上道場

1

季節は五月だった。

いま海から吹いている風は、横浜港から鶴見川をつたってさかのぼり、潮見橋にさしかかって空に舞いあがっていた。午後の太陽が斜めに射し、舞いあがった風がまぶしく光っている。河口に近いこのあたりでは、潮が満ちてくる時刻だった。

両親にともなわれた宮崎正裕少年は、三歳年下の弟史裕と手をつないで、まぶしく光っているあの風をめざして歩いていた。かれらがこれからたずねようとしている玄武館坂上道場は、鶴見川の左岸、横浜市鶴見区本町通一―十六―五、にあった。風が光っている潮見橋に近い。

昭和三十八年二月五日、鶴見区小野町で生まれた少年は、ことし四月、下野谷小学校に入学したばかりだった。おとといはこどもの日で、家族は横浜駅西口にある高島屋の食堂でささやかにこの日を祝った。

「男の子はなにか一所懸命になれるものを持っていたほうがいい。マサ、おまえ剣道とか空手とか、なにか習ってみる気はないか」

と、父の重美が正裕にいったのは、少年がちょうどスプーンでフルーツパフェをすくっているときだった。少年のこの日のメインディッシュはハンバーグライスだった。

「そうしなさい。本町通りはお買い物にいくからよく知っているけど、潮見橋の近くにいい道場がある。こどもたちがいっぱい稽古にきてるよ。いちどみんなで見にいこう」

と、母の好子がことばをたした。

「うん」

と、少年はフルーツパフェに気を取られたままうなずいた。

正裕は活発な少年だった。かれの住む鶴見区小野町は、大きくいえば京浜工業地帯、小さくいえば鶴見工場地区にふくまれていて自然の環境には乏しかったが、こどもたちは近くの公園に群がり、いつもじぶんたちの考案した遊びのため、テレビでゲゲゲの鬼太郎がはじまる時刻まで、われを忘れた。幼稚園のこどもとお化けには、試験もなんにもない。

かれらは遊びの天才で、一本の棒切れや一個の空きかんがあれば、魔法のようにたちまちあたらしい遊びを発明することができた。もしものこと、発明にいきづまったときは、けんかをした。けんかはやっぱりいちばん普遍的で刺激的な遊戯だった。

正裕はいつも群れの先頭にいた。早生まれの少年のからだはやや見劣りしたが、けんかをふくめて、遊びにかけてはだれにもひけをとることがなかった。好子の母親らしい心配もじつはそこにある。

(なにかに夢中になってくれたら、たぶんへんなほうにいかなくてすむだろう)

重美が山陰の奥深いまちですごしたじぶんの少年時代を語りはじめたとき、正裕はまだフルーツパフェの甘美な陶酔の中にいた。

「おとうさんも、むかし、剣道をやりかけたことがあるんだよ。あれはわたしが生まれたまちで紙を漉いているころだったが……」

重美は遠くを見るような目をした。

かれが育った島根県能義郡広瀬町は、安来から中国山脈をめざしていく山あいのまちで、まちといいながら山村の風景といっていい。わずかに地もとの広瀬絣と出雲和紙で知られていた。

重美の父は、あの戦争に日本が負けた年に、戦死した。あとに母と六人のこどもたちがのこされた。昭和十二年八月五日生まれのかれは、国民学校二年生だった。母の苦労がよくわかった。

かれは中学校を卒業すると、伝統の和紙をのこすため県がこの地に設立した職業補導学校に一年かよい、それからまちで紙を漉いている会社につとめた。会社といっても職人の数は七名かそこら、家内工業とほとんどかわらない。重美が思いがけず剣道と出会うことになったのは、そのじぶんだった。

この山陰の奥深いまちでは、娯楽といえるほどのものがない。少年と青年の端境にいる若い子たちが、いたずらに夜ぶんの時間を費やしているのをあわれんだのか、まちの駐在さんが重美たちに剣道を教えてくれることになった。

小学校がかれらに講堂を開放してくれた。仕事が終わったあと、二十人ほどのなかまたちが集まって、駐在さんの指導で、木刀がわりに手ごろな棒を振った。もっとも、これらの日々は、ながくない。八か月ののち、駐在さんが異動になった。あした転勤という最後の晩がた、駐在さんがどこからか古い防具を四組借りてきてくれたので、交代でこれを着け、生まれてはじめて試合というものをやった。

あとにきた駐在さんは、心得がなかった。

重美が五年もつづけた和紙職人をやめ、縁故をたどって横浜にでてきたのは二十歳のときで、工務店につとめた。

「それからもおとうさんは、いつかちゃんと剣道をやりたい剣道をやりたい、と思いつづけてきたが機会がなかった。そのうち、おかあさんと結婚し、おまえたちが生まれた」

と、父は正裕にいった。重美にとって、剣道は忘れがたい故郷の思い出につながっていた。

(おとうさんはぼくに剣道をやらせたいのだ)

と、正裕は思った。

そして、きょうの見学だった。玄武館坂上道場の稽古は、午後の五時からはじまった。道場はたちまち四十人ほどのこどもたちでふくれあがり、やがてかれらの発するボーイソプラノのかけ声や、面に打ちこむ竹刀の音や、あわただしく踏み鳴らす床の音で、喧騒につつまれた。

稽古に集まったこどもたちは、正裕と同年代か、もうちょっと上の少年少女で、なかにはかれが知っている顔もまじっていた。正裕をよろこばせたのは、この日、幼稚園からずっといっしょの亀川範明くんが見学にきていたことだった。

亀川くんは正裕の、絶対の仲良し、だった。亀川くんはからだが大きくて、しかも動きが機敏だったから、かれとペアで組んだけんかのタッグマッチでは断然、有利だった。亀川・宮崎のコンビは、まだ、けんかでいちども負けたことがない。かれらの不敗神話は永遠に語りつがれていいはずだった。

喧騒がいったんとだえたとき、父の重美は長男に一応の打診を試みた。

「この道場では空手も教えているというけど、マサはどっちにする？」

「剣道をやる」

と、正裕は父の期待に背かずこたえた。

昭和四十四年五月七日、宮崎正裕少年は玄武館坂上道場に入門した。わが盟友亀川範明が入門したのは、この翌日だった。

2

玄武館坂上道場は空手、剣道、居合、杖道を教授した。國士舘専門学校を戦前に卒業した館長坂上博一は、このころ五十歳をわずかにこえた年齢だが、すでに諸芸に達していた。剣道の稽古は館長の長男節明先生も加わって、毎週、火曜日、木曜日、土曜日の午後五時からおこなわれた。

入門した宮崎正裕少年のたましいをまっさきに挫いたのは、この館長先生のおそろしげな容貌だった。入道に剃りあげた頭を短躯のいかつい肩に載せ、のっしのっしと道場にたちあらわれるさまは、これは少年がずっとあとになって思ったことだが、まるで炎の中から不動明王がゆらぎだしてくるかのようだった。

ことさら礼法にうるさい。

剣道は礼に始まり礼に終わる、というのがこの不動明王の口ぐせで、こどもたちの油断した靴の脱ぎかたや、道場にはいるさいの心をおき忘れた挨拶や、竹刀を杖にしたりまたいだりするぶしつけな行為を見つけると、天上天下が鳴動するような蛮声で大喝し、かれらの心臓をわしづかみにした。

亀川範明くんもふくめ、宮崎正裕少年と前後して入門した六、七人の小学生が剣道の初歩を教わったのは、世にもおそろしげな館長先生だった。

授業はまず、足さばきと踏みこみの練習からはいる。いや、ちがう。それよりさきに、かれらがしつけられたのは、正座のしかただった。道場の床に正座すると、正裕の半ズボンから二つの膝小僧がにょっきりと突きでた。右の膝小僧には、小学校のグラウンドで転んだときにこしらえたかさぶたがまだこびりついていた。

入門から一週間、ということは道場に三回かよっただけということだが、少年にははやくも挫折の予感があった。

坐りかたのつぎに習ったのは立ちかただった。右足前に立って、

「両膝をピンとのばす。はい、背筋もピンとのばす。ようし、そこでふっと少し息を吐いて、ストンとからだを下に落とす……」

正裕は館長先生の指示にしたがっているつもりだった。

「ああ、そんなに尻を後ろに突きだすんじゃない。それじゃ、へっぴり腰だ」

と、館長先生は叱咤した。

きょう、この立ちかたの練習をこれまでに何回くりかえしたことだろう。少年のかたわらでは、つぎの段階にすすんだ同時入門のこどもたちが、前後左右、すり足で足さばきの練習をしていた。

正裕は一人とりのこされようとしているじぶんを感じた。

(剣道なんか、いやだ)

進歩の差はもうあきらかだった。

そもそも、少年には両足を内股に踏む癖があり、この癖がなかなかとれなかった。かれが前後左右の足さばきに苦心しているとき、同時入門のこどもたちはもう、道場の端から端まで、送り足で前進後退の動作をくりかえし、連続足さばきの練習にはいっていた。

宮崎正裕少年がいちばん難渋したのは、踏みこみ足の練習だった。

「右足を思いきりあげて、床をドーンと鳴らすつもりで強く踏みこめ。左足をひきずるな」

と、館長先生は少年に指示を与えた。

少年がなんど試みても床はドーンと鳴らず、床が鳴らないだけではなくて、後ろにのこった左足をひきずっていた。かれは同時入門のこどもたちが、ドーンと床を鳴らして強く踏み、踏みこむとともに左足をすばやく引きつけるや、さらさらとすり足で前進していくのを、はげしい羨望の感情で見つめた。

上達がもっとも早いのは亀川範明だった。そのあとにグループが縦一列に連なっていた。上達がもっとも遅いのは宮崎正裕だった。正裕がようやく踏みこみ足から連続足さばきにつづく一連の動作を身につけるころ、亀川くんはすでに竹刀で素振りを開始していた。亀川くんは館長先生の賞賛をシャワーのお湯のように浴び、正裕は館長先生の叱責をバケツの水のようにかぶった。

玄武館坂上道場では、稽古のあと、きまって道場に掲げられた「稽古心得」を唱和することになっていた。

一、正しく確実に稽古すること。二、少しでも数多く稽古すること。三、工夫を怠らず稽古すること。四、衛生に注意すること。五、整理整頓を心がけること……。

道場に正座して唱和しながら、正裕は最後尾を遅れて走っている長距離ランナーの孤独を感じた。（ぼくがやりたかったのは防具をつけて竹刀で打ちあう剣道だったのに）と、少年は思った。いつになったらそんな日がやってくるのだろう。かれにその展望は開けなかった。正裕は、いま、不幸だった。

少年の不幸は下野谷小学校でもかれの身の上におきていた。それはきまって給食時間にやってきた。正裕は魚が大好きで、肉が食べられない。肉のまじっているメニューでかれが食べられるものといえば、スパゲッティミートソースかハンバーグライスにかぎられていて、固形の肉については いっさい胃袋が拒絶した。

給食時間に肉があらわれると、正裕の困惑は頂点に達した。少年の担任は大学新卒の滝口則子先生だった。則子先生はわかくてうつくしかった。先生は正裕の偏食を知って、

「正裕くん、がんばって食べてみましょうね。先生、待っていてあげるから」

と、いつもやさしく励ました。

少年は校庭でドッヂボールをして遊んでいる友だちを思うと焦燥を感じたが、肉を咀嚼しようと試みると、めまいにおそわれた。則子先生の悲しそうな微笑を見ることになるのはつらかったが、少年はただなみだぐんで時間がすぎるのを待つしかなかった。

(ぼくのうつくしい則子先生によろこんでもらうにはどうしたらいいだろう)

正裕にすばらしいアイデアがひらめいた。木造校舎の教室は床に細いすきまがあった。少年は、翌日から授業と授業のあいま、彫刻刀でこのすきまをひそかに削りひろげていくことにした。則子先生、ごめんなさい。ぼくは先生をだましていました。だが、少年は少なくとも、給食時間の不幸からはこうして解き放たれることになった。

3

宮崎正裕少年に竹刀を持つことが許されたのは、かれが玄武館坂上道場に入門して一か月後のことだった。だが、構えさせてみると、軟体動物のようにくにゃくにゃして、姿勢がさだまらない。この子にかぎって、館長先生や節明先生の悩みはつきなかった。

剣先が斜めにずれてしまうのは、やっぱりあの内股の矯正がじゅうぶんではないせいらしかった。構えをなおしながら、稽古は素振りからはいった。

さらに一か月後、稽古着と袴の着用が認められた。少年は入門してはじめて、少しうれしい気持ちを味わった。もう、道場に正座しても、じぶんの膝小僧を見つめないですむことになった。

玄武館坂上道場のこどもたちは、防具を道場に預け、稽古着と袴を着用のうえ、竹刀持参でわが家から道場にかよった。宮崎正裕少年の自宅から道場まで徒歩十五分か二十分、この距離をこのすがたで往復することが少年にははれがましかった。

しかし、少年にとっては、それからがまたながかった。かれに胴と垂れの着用が認められたのは、入門して六か月後のことだった。自然の環境にめぐまれない鶴見工場地区でも、秋の気配が濃い。それから四か月後、といえばもう年を越えて翌年二月になっていたが、正裕に小手の着用が許された。かれがついに面をつけたのは、入門して一年後のことだった。少年は下野谷小学校二年生に進級していた。

このあいだじゅう、正裕はなんども剣道をやめたいと思った。それでもやめたいと両親に訴えなかったのは、剣道をやりたかったがその機会のなかった父の希望を、いまじぶんがかわりにはたそうとしていることを理解していたし、しかもそれを母がたいそうよろこんでいることを知っていたからだった。

夫婦は愛しあっていた。好子もまた夫と同じ昭和十二年八月の生まれで、誕生日は重美にわずかに遅れて十八日だった。少年少女時代に、ともに戦後の混乱をくぐりぬけている。好子は夫が剣道のできる境遇になかったことを知っており、わが子が剣道をはじめてくれたことに、ひそかに感謝さえしていた。

そのころ、全国的に少年剣道のブーム現象が到来しようとしていた。玄武館坂上道場でも少年少女の入門が増え、やがて百名に達しようという勢いにあり、こどもたちの稽古も年少組と年長組にわけ、時間差を設けて教授することになるほどだった。

にわかな人数増加に対処してのことだったろう。宮崎正裕少年が面をつけるころ、山田尚先生が指導陣に加わった。面をつけたこどもたちは、入道あたまのこわい館長先生の手をとりあえず離れ、主として節明先生と山田尚先生の指導に委ねられることになった。

あれほどあこがれていたのに、はじめて館長先生に面をつけてもらい、ぎゅうっ、と面紐を締めあげられたときは、突然、地球が三分の一に縮小したかと思うほどに視界がせまくなったし、酸素もまた三分の一に減少したかと思うくらいに呼吸が苦しくなった。

（ぼくは難聴になってしまった）

と心配するほど先生の声が遠くなったが、それもじつは面をつけてもらったせいだった。

面をつけるということはたたかれるということだ、と悟ったのは、記念すべきその日の稽古からだった。これまでは打ちこむだけの稽古だったのに、その日からは要領のわるい打ちかたをすると、じきに先生から、ぽかぽかっ、とやられるようになった。

玄武館坂上道場は、それが館長坂上博一の方針だったが、将来にわたって剣道をつづけていくための基本練習を重視した。先生たちはこどもたちに、面の打ちかたも小手の打ちかたも胴の打ちかたも一通り教えたが、くりかえし強調して指導したのは、

剣道をはじめたころの宮崎正裕少年

「大きくふりかぶって、ドーンと面を打っていけ。面を打てれば、小手も胴も打てるようになる」

というものだった。

面をつけてからは、ときどき、こども同士で道場の月例試合があった。面にいけばほめられ、思わず小手や胴にいくと、教えていない、と叱られた。こどもたちは月例試合で、

「メンいけ、メンいけ」

と、いっせいにさけんだ。たしかに、ほかに応援のしようがない。

「うちの道場は日本一試合によわい」

というのが、館長先生や節明先生や山田先生の自慢だった。

宮崎正裕少年がはじめて月例試合以外の大会に参加したのは、鶴見区剣道連盟の主催で毎年おこなわれる小学生剣道錬成大会だった。一年生から六年生までの少年剣士を学年別にわけた勝ち抜き戦で、かれは亀川範明らとともに二年生の部で出場した。

二年生の部約三十名。宮崎正裕は道場の指導にしたがい大きくふりかぶって面にいくところ、待っていたとばかりに胴を抜かれてたちまち敗退した。めざましい活躍をしめしたのは、途中から出場した亀川くんで、抜群の運動神経を発揮しておしまいまで面だけで抜きつづけ、最高得点を獲得して優勝した。日本一試合によわいはずの玄武館坂上道場から優勝者がでて、先生たちは歓喜した。

さすがに亀川くんは、かねてわれらが誇る最強の剣士だった。

4

本来、負けず嫌いだった宮崎正裕少年の気性がしだいにあらわれてきたのは、道場で試合をするようになってからだった。剣道はまだ心のどこかであまり好きになれなかったが、試合で負けるの

はくやしくて、

（こんどこそ勝ってやるぞ）

だが、試合ではいつも負けつづけたから、こんどこそこんどこそ、の思いだけがつづいた。その思いが晴れたのは、小学校三年生に進級してはやばやと道場でおこなわれた月例試合だった。中学年（三―四年生クラス）に出場した少年は、見事に優勝して持ちまわりのカップをもらった。もっとも、このカップは翌月、すぐさま亀川くんにとりもどされた。

はじめての優勝は、だが、少年をふるいたたせて、かれを熱心な稽古へ導いたろう。いいえ、導かない。道場では山田先生がヤル気、負ケン気、根気の三気をさかんに説いていたが、この子にはたいせつな根気がずうっと欠けていた。ヤル気も負ケン気も道場にきてからのことで、じつは少年にとってはそれ以前に、稽古へいくか、それともさぼるかが問題だった。

火曜日、木曜日、土曜日。きょうは稽古のある日だということを知っていながら、いつまでもぐずぐずしていて、

（おかあさん、忘れてくれてるといいなあ）

人生はそううまくことがはこばないことを少年は悟るべきなのだ。はたして母はけっして稽古日を忘れず、

「マサヒロ、そろそろ道場にいくんじゃないの」

と、やや怠慢な気配があるわが子をうながした。

小野町にある少年のうちから本町通りの道場へ向かう途中には、じつは最大の難所がひかえていた。難所は少年のかよう下野谷小学校で、この頃合い、運動場ではきまって友だちのだれかれがなにかやって遊んでいるのだった。

ほかにも小学校を経由しないコースがあり、ほんとうはそちらが近道なのだが、なぜわざわざ小学校を通っていくかといえば、その運動場が亀川くんと暗黙のうちにきめた合流地点だったからだ。遊んでいる友だちを無視してこの難所をこえるのは、ヒマラヤ山脈を徒歩でこえるよりもっと勇気を必要とした。

最強の剣士亀川範明と弱小の剣士宮崎正裕は、じつをいえば、わが家を出発していながらこの地点で遭難するという事件をしばしばひきおこしていた。なんということか。かれらは稽古が終わる時刻を見はからって、上手にこの難所から撤退していたのだった。

少年の心は罪の意識でおびえた。ただいま、と玄関をはいるときの一瞬が問題だった。この一瞬をパスすれば、あとはもう、しめたものだった。だが、はたして少年のこの行動はだれにも知られずにすんでいたのだろうか。正裕の両親はともに道場の熱心な見学者で、少年が気づいているよりももっと多くの回数、道場の入り口や窓の外からわが子の稽古をひそかにうかがっていたし、なによりも道場からもどってきた息子の稽古着が汗で湿っていないことに不審を抱かないはずはないのだった。

それは宮崎正裕少年が四年生の新学期を迎えてまもなくのある日、いつものように「稽古心得」を唱和したあとのことだったが、あのこわい形相をした館長先生が、ぎょろり、とこどもたちをねめまわしていった。

「わが坂上道場の少年剣士のうち約二名が、うちを出発して道場に向かう途中、なぜか消息を絶ってしまうということが、昨年あたりからひんぱんにおきています。心配をされたご父兄からご相談を受けましたので、当道場ではことし四月からそれぞれに出席カードを用意して、みなさんの出欠を確認のうえ判をおすことにしました。これからは稽古にはかならずこの出席カードを持ってくるようにしてください」

正裕はくらくらして、いまにもたおれてしまいそうな気分だった。そのとき、かれのとなりで正座していた亀川くんがきゅうに正裕にもたれかかってきた。

「亀川くん、どうしたの?」

「宮崎くん、おれ、なんだか胸が苦しいんだ」

と、最強の剣士はささやいた。亀川くんもいま、三年ぶんの後悔と反省のため、熱い吐息とともにせつながっているのだった。

「ぼくも……」

と、少年はいった。

玄武館坂上道場で剣道を稽古するこどもたちは、このころ百名をこえていた。二グループに分け、時間差を設けて教授するにしても、一グループが単純計算で五十人以上、広くない道場にかれらが正座すると、もう身動きならないほどに窮屈だった。


この翌月、もっと正確にいうと、昭和四十七年五月二日、下野谷小学校に上がったばかりの宮崎史裕が玄武館坂上道場に入門し、これと前後して、たった五、六分でぐるりと一周できるせまい小野町から、史裕の同級生がいちどきに五、六人も同じ道場にかようようになった。

宮崎正裕少年は、当然のなりゆきとしてかれらの引率者とならざるをえない。出席カードを持たされたうえに、いま町内のこどもたちを預かる立場になったからは、あの危険地帯に足を踏み入れることはもうできなかった。

少年をおどろかせたのは、史裕の素質だった。小学校四年生の兄の認識でも、この弟はきわだってすぐれた才能にめぐまれているらしい。

(ぼくはフミのお兄ちゃんだ)

少年は弟に励まされているような気がした。

光の輪の中の海老炒飯

1

宮崎正裕少年の日々は、大粒の砂金をつめこんだ革袋のように充実していた。

少年は、いま、下野谷小学校のサッカークラブに属していた。かれがとくにゴールキーパーを希望したのは、たった一つしかないこのポジションは、イレブンの中できわだって注目されるにちがいない、と思ったからだった。

正裕はGKというポジションがたいそう気に入っていた。じっさい、空気を裂いて鋭く蹴りこまれたシュートを判断よく飛びついて捕捉したとき、少年はじぶんが風にたてがみを靡かせたライオンにでもなったような気がした。

ああ、草原の王者。太陽は王者の頭上に輝いていた。

サッカーは下野谷小学校のクラブ活動だった。下野谷小学校をいったん離れた宮崎正裕少年は、地域のなかまたちで結成した野球チームのメンバーだった。かれらはまちの公園や小学校の運動場にときどき集合して、練習をしたり試合をしたりした。試合の相手はやはり友だち同士でこしらえているチームで、おとながついている場合もついていない場合もあった。

チームの正式名称もついてなかったし、ユニフォームも背番号もこどもたちの好き好きで、親たちが買い与えたものだった。おのずから、読売ジャイアンツのユニフォームを着こんだこどもたちが多い。ちなみに読売ジャイアンツが日本シリーズ九連覇の快挙を達成したのは昭和四十八年、宮崎正裕が下野谷小学校五年生のときだった。

野球少年だったころ

長島茂雄3、王貞治1、堀内恒夫18、高橋一三21、柴田勲7、高田繁8……ジャイアンツ選手を模したチームの中で、あれ、たった一人だけ阪神タイガースのユニフォームに背番号22をつけた少年がまじり、キャッチャーミットを構えて強烈に自己主張しているじゃあないか。宮崎正裕だった。かれの家庭では父の重美がながきにわたる熱烈な阪神ファンで、正裕がタイガースのユニフォームを着こんでいるのは父の病気（というべきだろう）が伝染したものだったが、背番号22は少年じしんの選択だった。

なぜ、背番号28江夏豊でなくて、背番号22田淵幸一なのか。それは捕手田淵幸一がナインの中でほかの選手のグローブとは形のちがうキャッチャーミットを使用しているという理由からだった。

少年にとって、ぼくはあくまでもぼくじしんであってほかのだれともけっして同じではない、という事実が、サッカーにせよ野球にせよ、つねに重大な人生の命題だった。

宮崎正裕は、玄武館坂上道場の稽古熱心な剣道少年だった。サッカーの魅力も野球の誘惑も、稽古のおこなわれる火曜日と木曜日と土曜日は、道場にいく、というかれの決心を（ゆるがすことはあっても）かえることはできなかった。

正裕はこれらの日、定刻までには未練を断ち切ってわが家にもどり、弟の史裕ら五、六人の道場後輩たちをひきつれて、稽古に向かった。かれらの面倒見の半分は、正裕と同級生の重田英明くんがひきうけてくれた。重田くんは小学校五年生で稽古をはじめたもので、正裕からは入門が四年遅れていた。

休まない稽古は、少年の剣道に効果をもたらした。下野谷小学校五年生宮崎正裕、ことしも鶴見区剣道連盟主催の小学生剣道錬成大会がやってきた。五年生の部に出場した少年はすこぶる好調で、メンいけメンいけ、という道場のなかまたちの声援を背に九人を抜き、抜いてまだまだ気力に衰えを感じなかった。

十人目にたちあらわれたのは、矢向剣友会の少年剣士だった。矢向剣友会の少年剣士たちは、上下ともに白い剣道着をつけ、面紐と胴紐を赤で統一していた。鍔は緑だった。かねて鶴見区内では試合にいちばんつよい道場として知られている。

（かっこいいなあ）

と、正裕は思った。

思わなきゃよかった。かれはこの矢向剣友会の少年剣士にたちまち打たれ、打たれて退いた。記録は九人抜きにとどまったが、正裕はこれを誇りとし、

（もしかしたら優勝トロフィがもらえるかもしれないなあ）

だが、かれのひそかな期待は、矢向剣友会の少年剣士のためにくだかれた。白い剣道着の少年剣士はとどまることを知らず抜きつづけ、ついに二十人をこえたところでやんだ。

五年生の部優勝矢向剣友会渋谷勝弘。準優勝玄武館坂上道場宮崎正裕。正裕は渋谷勝弘くんという名前を、これからのライバルとして大脳の襞に刻みこんだ。

試合で勝つ機会が増えたことによって、少年は剣道をたのしいと思うようになり、たのしいと思うことによって、稽古を待ち遠しいと思うようになった。

山田尚先生が道場編成の五、六年生チームに宮崎正裕を加え、ときどき団体試合で先鋒や次鋒として起用してくれた。メンバーに選ばれるということは、たいしたことだった。

学校の成績は、剣道のようには進歩のあとが見られなかったが、これはしかたのない事情があった。少年は本来、学習にあてなければならない夕ごはんあとの時間を、もっぱら自由研究に費やしていたのだった。

正裕の場合、この自由研究はほとんどかれの趣味の領域に属するもので、一つは漫画の模写、一つはペンダントづくりである。図工はそもそも少年の得意とする課目だった。

漫画の模写は、小学校の友だちからしきりにたのまれた。仮面ライダー、ウルトラセブン……などヒーローものの注文が多い。ペンダントは手ごろなストーンに彫刻刀で文字や図案を彫りこみ、小さな穴をうがって紐をとおした。

自宅と下野谷小学校とのあいだに、鶴見工業高校があった。おそらく同校の建築科で使用したものの残りだろう、捨てられた材料のうちから、ペンダントに適したストーンをいくらでも拾いだすことができた。少年がこしらえたペンダントは、クラスで催される誕生会のプレゼントとして、たいそう人気があった。

宮崎正裕工房はそれやこれやで多忙をきわめたから、少年には教科書を開く時間があまりなかった。ある日、少年はクラス担任の渡辺功先生に呼ばれた。

「宮崎、このまえきみが制作したアレ、あの作品、授業の教材としてのちのちもぜひ使いたいんだ。卒業記念に、どうだ、学校にのこしておいてくれないか」

担任教師は図工の先生だった。先生のいうアレとは、少年が図工の授業で与えられた素材に人物の顔を彫った作品だった。そういえば、宮崎正裕は卒業がまぢかだった。かれは渡辺先生のことばがうれしかった。

2

宮崎正裕少年の学区には寛政中学校と潮田中学校があった。どちらに進んでもかまわない。昭和五十年四月、少年は重田英明くんとともに寛政中学校に入学した。かれが同校を選んだ理由は単純明快で、前年、寛政中学校剣道部は、神奈川県中学校選抜剣道優勝大会で準優勝という好成績をあげていたからだった。わがよき友亀川範明くんは学区がちがって潮田中学校に進んだ。

寛政中学校に入学した少年は電車通学することになった。鶴見線鶴見小野駅から乗ってわずかに三つ目、安善駅で下りて五分も歩くと校舎があった。鶴見線は二両ほどの編成で、陸側の住宅地区と海側の工場地区とを左右に分けながら走った。工場地帯にはＮＫＫや旭硝子や東芝や東京ガスの大きな工場が風景をこしらえていた。

寛政中学校の剣道部を見ている有賀博一先生は、有能な指導者として評判だった。玄武館坂上道場の館長坂上博一先生とは親しい交際があって、宮崎正裕や重田英明が有賀先生のもとで練習できることを歓迎していた。

少年たちの入学式——

式次第が滞りなく終わったあと、転勤のため寛政中学校を去っていく先生がたの送別がおこなわれた。いったいなんということだろう、挨拶に立った先生がたの中に、有賀先生がいた。少年たちは入学と同時に良き指導者を失ったのだった。

寛政中学校剣道部には空き教室があてがわれ、そこで練習がおこなわれていた。あたらしく入部した一年生は十人、二年生部員はゼロで、三年生部員が五人、このうち一人が県大会二位のときのレギュラーだった。

顧問の先生が去ったあとの練習は、三年生部員の指導のもとにすすめられた。新入部員は昼休み時間も部室にあてられた教室に集合し、掃除と素振りをおこなうよう命じられた。練習はまいにち午後四時から五時までのあいだときめられた。

三年生部員が作成したメニューですすめられるまいにちの練習は、想像以上にきびしいものだったから、一年生部員はたちまち脱落し、夏休み前にはもう正裕と重田くんだけになってしまった。

最下級生の二人に剣道部のすべての雑用が課せられ、課せられる雑用はめまぐるしくたち働かなければならないものだった。

きびしい練習もめまぐるしい雑用も、二人の少年が玄武館坂上道場では経験しなかったものだった。道場がなつかしかった。炎の中からゆらぎだした不動明王のようにおそろしい館長先生でさえも、いまとなってはやさしい慈母観音のように慕う気持ちがつのった。

だが、寛政中学校剣道部は、学校の練習をもっぱらとし、部員が道場の稽古にかようことを禁止していた。少年たちはこの規則を犯し、ひそかに隠れて坂上道場へ稽古にいくことにしたが、じっさいには時間的にほとんどまにあわず、週一回、道場で稽古できればよしとしなければならなかった。

夏休みには、特別メニューの強化合宿がおこなわれた。汗を絞ったあと、梅干しをしゃぶりお湯で口中を湿した。練習のさいには水をのんではいけないという古い教訓が遵守されていて、このはげしい練習で脱水症状に見舞われないのがふしぎなくらいだった。

対外試合は三年生部員五人で編成するチームが出場し、一年生部員には当然その機会が与えられなかった。大会会場への往復、よろめきつつ上級生の防具持ちに終始する少年たちは、心のどこかでやるせない感情を味わうことになった。

坂上道場の山田尚先生は、きっと不憫に思うのだろう、道場として出場する個人試合に宮崎正裕を登録してくれたが、かれの成績はふるわなかった。少年の前にたちふさがるのはきまって矢向剣友会の渋谷勝弘くんで、道場なかまの盟友亀川くんも、渋谷くんをしのぐのはむずかしかった。

少年は部活をやめたかった。きつい部活の練習をやめて、たのしい坂上道場の稽古にもどりたかった。ある日の夕ごはんどき、両親に正裕がそのことを訴えると、父の重美はしばらく考えたあと箸をおいて、

「それはマサの気持ちしだいだ。おとうさんはマサが剣道をつづけてくれるなら、学校でも道場でもどちらでもいい」

「いいの」

「いいよ。ただし、それはいまの三年生が剣道部を引退したあとのこと」

と、いった。きっぱりとした語調だった。

中学生になった宮崎正裕には、剣道初段を受験する資格ができた。神奈川県の昇段審査は神奈川県立武道館でおこなわれ、少年たちには年三回、そのチャンスが与えられた。県立武道館は戦前の昭和十一年に建てられたもので、さいわい戦災をまぬがれ、京浜東北線関内駅を下りてすぐひろがる横浜公園の平和球場に接して東側、横浜港の大桟橋埠頭に通じる大桟橋通りに沿って建っていた。ときどき国際客船ターミナルからまよいこんできた港のかもめたちが、県立武道館の屋根にとま

って翼をやすめた。いや、そんなことはない。港のかもめたちが飛んでくるには海岸から少し遠かったし、平和球場に似合うのは猛禽のかもめより豆をついばむはとのほうだった。

昇段審査には、坂上道場の山田尚先生が亀川範明、宮崎正裕、重田英明らの少年たちを引率して向かった。審査は実技と剣道形があった。剣道形は坂上道場でしこまれている。実技は五人一組、机をおいて並んだ審査員たちの前で一分間の試合を二回、ちがう相手とペアを組んでおこなう。

会場は受験する少年少女で混みあった。

坂上道場の少年たちは、三人ともこれで三回目の受験だった。宮崎正裕のひそかなライバル渋谷勝弘くんは二回の審査で初段を取得していた。

「あいつはつよいからなあ」

と、わが道場最強の剣士亀川範明くんが無念の感想をもらしたのは、前回の審査のときだった。

3

初段を取得すると、その一つの証明として、ワッペンが授けられた。あざやかなマリンブルーに金糸で神奈川県のマークを縫いこんだこのワッペンには、ローマ数字の活字体でⅠとあり、これが段位をあらわしていた。取得した少年たちは、このワッペンを剣道着の左袖にマジックテープで貼って、羨望の視線をあびながら、誇らしく背筋をのばした。

審査の結果は、やや時間をおいて、会場に受験番号で掲示された。こんかいもまた、亀川くん不合格。宮崎正裕不合格。そして、重田くん……えっ、重田くん合格。重田くんの天へ昂揚する歓喜と反比例して正裕の失望は地に沈澱した。重田くんは学校では同級生だが、道場では四年も後輩だった。四年の差をここでいっきょに逆転されるとは思いもかけないことだったから、少年の自信と名誉は、まるでクッキーを両手にはさんでパンとやったように、こなごなに壊れて指のすきまからこぼれ落ちていった。

「なあに、範明も正裕もじぶんのいいところをバーンとだせたら合格まちがいなしなんだ。きょうはそれがちょっとでなかったなあ」

と、山田先生がいった。がっかりしているのか、励ましているのかよくわからない。たぶん、その両方なのだろう。

少年は両親へきょうの報告をしなければならないと思うと、鶴見駅で電車を乗りかえるときから心が重たかった。電車は三十分もやってこなかった。正裕は重田くんとよろこびをわかちあうため快活にふるまい、重田くんは正裕とかなしみをわかちあうため沈痛にふるまった。

わが家には母がいた。正裕は落胆を隠して、わざと元気な声をこしらえた。

「おかあさん、亀川くんとぼく、まただめだったよう。でも、重田くん、合格」

「あら、重田くんよかったねえ。亀川くんもマサもこれからこれから。まだ、初段でしょう、さきはながいよう」

母の好子はそんなことより洗濯もののとりこみのほうが忙しいというふうを装っていた。

(おかあさんもほんとうはがっかりしているにちがいないんだ)

少年は母にしがみついて、わっと泣きだしたかった。


二学期も終わりがた、五人の三年生が慣例にならって、部活から引退した。三年生が引退すると、寛政中学校剣道部は宮崎正裕と重田英明の二人ぽっちになってしまった。

「宮崎くん、つぎのキャプテン」

と、初段重田英明が正裕を推薦した。

「重田くん、つぎの副キャプテン」

と、一級宮崎正裕が重田くんを任命した。少年はもう部活をやめたいとは思わず、わが剣道部を再建したいと思った。部室兼道場にあてられた教室は、床板の、とくに板と板の継ぎ目がささくれだっていた。二人ぽっちの部員はささくれを削り、トゲトゲをガムテープでおさえた。

かれらは小野町の、坂上道場にこどもを預けている家庭からもらい集めてきたかまぼこ板を、なんどもなんどもたわしで洗ったあと、ていねいに天日乾燥させた。すると、あたらしい名札ができた。つぎのキャプテンと副キャプテンは、まだ氏名の書きこまれていないこれらの名札を、教室の壁面に並べてかけた。

昭和五十一年四月、宮崎正裕は寛政中学校二年生になった。新学期を迎えて、剣道部は二年生男子四人、一年生男子四人、合計八人に増えた。二年生四人のうち二人は、昨年はやばやと退部したもとの部員がもどってきたもので、一年生四人のうち、じぶんから入部したのは初心者に近い経験者が一人、三人はキャプテンと副キャプテンの勧誘に心を動かされたまったくの未経験者だった。かまぼこ板の名札にかれらの氏名をマジックペンで書きこんだ。

うれしいことに、剣道部顧問として社会科の赤井橋正明先生が就いた。先生は三段、稽古をつけてもらう機会はほとんどなかったが、剣道部に顧問の先生をいただいているだけで、たいそう心づよい思いだった。

キャプテンと副キャプテンは、昨年一年のつらくやるせなかった体験をかえりみて、たのしい剣道部、を目標に掲げた。たのしい剣道部とはどういうことか。これまでまいにちおこなわれてきた練習を、週二回に減らした。昼休みの絶対集合と掃除と素振りを廃止した。それから夏休み中の強化合宿もスケジュールからはずした。

かれらが新入部員だったとき負荷を感じたメニューをいっさい排除してみると、空中浮揚さえ可能と思えるほど、軽々とした気分だった。

かくして新体制のもとに、たのしい剣道部、が実現した。だが、それはいっぽうで、剣道部が弱体化の方向をたどることを意味していた。キャプテン宮崎正裕と副キャプテン重田英明は、週二回を寛政中学校で練習し、週二日を玄武館坂上道場で稽古した。かれらにとってそれは本人たちの実力アップにつながったが、寛政中学校剣道部としてはどうだったろう。

それは鶴見小野駅の線路ぎわに群生しているドクダミがいっせいに花をつけたじぶんだった。宮崎正裕はまた、初段を受けて失敗した。風が薫る季節だが、横浜公園の楠の若葉で跳びはねている光の粒子たちを感じた記憶もなく、鶴見小野駅の踏み切りを渡りながら見やった線路ぎわのドクダミしか記憶にないのは、それほどかれが落ちこんでいたからにちがいない。

わが友亀川範明も失敗した。亀川くんも正裕も四回目の段審査だったが、県立武道館の外壁にたおれかかったからだを額でささえつつ、正裕が、

「亀川くん、ぼくもう剣道やめたいよ」

と、いうと、亀川くんもまたかぼそく、

「宮崎くん、ぼくも……」

と、いった。二人が誇ったあの輝かしいけんかの不敗神話は、もはや過去のものだった。あくま

でも快活明朗なのは、こんかいも引率してくれた山田尚先生だけで、

「二人ともこれからこれから。まだ、初段審査じゃないか。剣道はさきがながいよう」

と、亀川くんと正裕の肩をたたいた。

正裕はどこかで聞いたようなことばだなあと思ったが、それはこのまえに失敗したとき、少年の母が洗濯ものをとりこみながらかれにいったことばと同じものだった。

（剣道なんかやめてやる）

でも、結局のところ、剣道から離れられないことは、正裕じしんがよくわかっていた。

4

宮崎正裕少年の精神は重く垂れこめた雲のように低迷していた。厚い雲にさえぎられて、日射しは地上にとどかなかった。低迷しているのは、かれがキャプテンをつとめる寛政中学校剣道部もまた同じだった。かれらは人数でいえば選手五人のチームを編成することができたが、技能でいえば選手四人のチームを編成するのがやっとだった。そして、じっさい選手四人のチームで団体戦に出場したこともあったが、寛政中学校はことごとく一回戦で敗退した。

個人戦ならば、もっと出場の機会は多い。だが、宮崎正裕は深刻なスランプにあり、地を這う虫

のようにふるわなかった。それにくらべて少年の弟史裕の活躍はめざましく、これは天稟である、と断じるひとが多い。天が生まれつきかれに分け与えた才能だというのだった。

宮崎家の二階が兄弟の部屋だった。いっとき宮崎正裕工房となっていたこの部屋が、いまでは宮崎史裕トロフィ陳列場と化していた。史裕が獲得した各種大会の優勝トロフィが部屋の壁面にすきまなく飾られた。

宮崎史裕がこれまではたした優勝はもう数えきれないほどだったが、昨年、かれが横浜文化体育館でおこなわれた横浜市民剣道大会でしめしたたたかいは、少年ながらほとんど凄絶というべきものだった。

小学生高学年の部、四年生・五年生・六年生がひしめくように参加するこの試合に、最年少の四年生で出場した宮崎史裕は、一時間以上も一人でコートに立ちつづけ、四十三人もの選手を抜いた。それは一つの事件として報道された。たしかに事件といってよい。

試合が終わってみると、史裕の両方の足の裏は、大きな水ぶくれのために皮膚が裂けていた。スタンドで応援していた宮崎正裕は、弟の活躍をまぢかで目撃することになった。それはあとになって思いだしても戦慄するほど、興奮をともなう光景だった。正裕には、まだ、優勝の経験がない。

わが子の試合を、できれば夫婦ともども大会会場にでかけて応援することは、宮崎家のいわば生活習慣として定着していた。この生活習慣を兄はとてもいやがったが、弟はむしろよろこんだ。だが、母の好子はこの次男の試合を、応援はしても観戦はしていない。この試合にかぎったことではなかった。せっかく応援にやってきておきながら、いざわが子の試合が開始されるや、あまりにやさしすぎるこの母は、まるで石膏でかためた塑像のように凝固し、まぶたをしっかりと閉じてしまうのだった。

少年たちのために、つぎの段審査がおこなわれたのは、この年の十一月だった。横浜市民にながく親しまれてきた平和球場を解体し、あらたに横浜スタジアムの建設をすすめることになって、平和球場に接した県立武道館も移動計画があり、八月に取り壊された。かわりにプレハブの仮設ながら県立武道館がその跡地に建ったのは十月末である。

いつものように玄武館坂上道場の山田尚先生が少年に付き添ったほか、亀川範明と重田英明が、応援だ、といってついてきてくれた。亀川くんはこんかいの審査を見送るんだという。

「だって宮崎くん、ぼくたち幼稚園からなんでもいっしょだったろう。初段に落っこちてしまうのもずっといっしょ。だから、こんどはぼくパスして、宮崎くんだけに受けてもらおうと思ったんだ。きょうはべつべつだから、宮崎くん、絶対合格するよ」

山田尚先生の注意は、かんたんに終わった。

「いいか宮崎。いままでみたいに、やたらめったら息せききって打っていくんじゃない。相手にも打たせてやるつもりで落ち着いていけ」

実技の試験が開始された。

そして――

結果は上々だった。山田先生のアドバイスを心がけて実践したせいか、亀川くんのふしぎな予言が的中した。剣道形の審査も終わって四人が待つうちに、会場に合格者の受験番号が掲示され、その中に宮崎正裕の番号があった。なぜだか、山田先生が胸もとで両手を拳ににぎり、妙にりきんで「よし」といった。

少年たちは山田先生のうわさを少し知っていた。先生は大きな会社の立派なサラリーマンなのに、少年剣道の指導に情熱を燃やし、館長先生の招きに応じて玄武館坂上道場の先生もしているというのだった。

「これから宮崎正裕の初段合格お祝いだ。中華街にのりこんで豪勢に……とはいかないが、みんなでチャーハンでも食うか」

と、山田先生がいった。

横浜公園をでて大桟橋通りを横断すると、もうそこが中華街の玄武門、さらに少しいくと善隣門だった。善隣門から見通す中華街大通りは、強烈な色彩が曼陀羅のように乱舞する異国で、大小さまざまな中華料理店が招牌を掲げ、ひしめきあってたち並んでいた。

かれらはいま、大珍楼のテーブルを四人で占めて、炒飯がはこばれてくるのを待っていた。

宮崎は肉が食べられないから海老チャーハン、ときめたのは山田尚だった。たしかに海老チャーハンは少年のもっとも好む食べものの一つだった。

(こんな幸福の瞬間がぼくの人生にまた訪れることがあるだろうか)

少年が深く呼吸すると、軽いめまいがやってきた。かれはまぶしい光の輪の中にいるような気がした。

東海大相模高校北門の大欅

1

宮崎正裕が初段を取得したのは昭和五十一年十一月、五回目の段審査でようやく合格した。段位を証明するワッペンを稽古着の左袖にマジックテープで貼ると、にわかに足もとからさわやかな風が舞いあがり、それまで少年の胸の中に重たく垂れこめていたなにかを、たちまちどこかへはこび去った。

少年は自信と名誉を回復した。

寛政中学校剣道部は、昭和五十二年四月の新学期を迎えて難問に直面していた。社会科の赤井橋正明先生が春の異動で転勤し、かれらは剣道部顧問を失った。生徒会の会長がやってきて、

「生徒会で剣道部を廃部にせよという動議がだされるかもしれない。顧問の先生もいないし、たいして活動もしていないし……」

と、いった。

宮崎正裕と重田英明が標榜してきたたのしい剣道部は週二日、一回一時間程度の練習だったから、活動が停滞しているといわれても、否定できない。新入部員一年生男子二名女子二名のためにも、部の存続をはかろう。部の存続をはかるには、顧問の先生を見つけるのが先決だった。キャプテンと副キャプテンは、学校じゅうを奔走して、

「剣道部の顧問になってください」

と、先生たちに懇願した。

「そうかあ、剣道部が廃部になるのは惜しいなあ。名前だけでいいのね。ほんとね。それならわたしが顧問になってもいいわよ」

と、くどく念を押してから承諾してくれたのは、いつも白衣を着て、仮病っぽい少年少女をさばいている保健室の石原先生だった。

石原先生が顧問になってくれたおかげで、剣道部の廃部問題は生徒会の議題にならずにすんだ。石原先生、ありがとう。石原先生はある日、突然、稽古着に道具を着用して部室兼道場の教室にあらわれ、練習中のわれらがたのしい剣道部をおどろかせた。

石原先生は、部員を一列に並べ、

「さあ、稽古をつけてあげるから順番にかかっていらっしゃい。でも、教えるのはこれっきりだよ。保健室って放課後けっこうたいへんなんだから……」

と、元に立った。

保健室の石原先生が剣道の経験者、それもかなりの経験者らしいということは、このときはじめて知った事実だったから、キャプテン以下全部員がおおいに感激した。

宮崎正裕と重田英明は、これまでどおり、部活で週二日、玄武館坂上道場で週二日の稽古をつづけた。わがよき友亀川範明が初段を取得したのは、ちょうど寛政中学校剣道部の存続が決着したころだった。あのワッペンを稽古着の左袖につけた亀川くんと玄武館坂上道場で会ったとき、正裕はもう少しで亀川くんに抱きつきそうになったくらいうれしかった。

「宮崎くん、ぼく剣道がまた大好きになった」

と、亀川くんがいった。

「亀川くん、ぼくも……」

と、正裕もいった。

あざやかなマリンブルーに神奈川県のマークを金糸で縫いこんだこのワッペンには、アラジンのランプのような魔法のちからが隠されているのかもしれなかった。

神奈川県中学校体育連盟主催の県下中学校剣道大会の地区予選がおこなわれたのは、たぶん夏休みを迎える直前のことで、鶴見区と神奈川区を一地区としていた。この予選に出場した寛政中学校宮崎正裕は、個人戦一回戦であの寺尾中学校渋谷勝弘と試合をすることになった。

少年が渋谷くんとはじめて対戦したのは小学校五年生のとき、鶴見線弁天橋駅そばの健保会館でおこなわれた鶴見区剣道連盟主催の小学生剣道錬成大会だった。いらい、これまでに四回対戦しているが、いつもいいところなく負けていた。きょうは五回目、そしてかれとは中学校生活最後の試合となるだろう。

試合の展開は宮崎正裕にとって優勢だった。最初の一本を取りかえされ一本一本となってからも、正裕の気力は衰えず、遠間から跳びこんだかれはそのままもつれて、渋谷くんとともに机の上に並べてあった賞品の上にたおれこんでいた。

かれとの対戦で、こんなことはかつていちどもないことだった。

（きょうは勝てるんじゃないか）

しかし、結局、負けた。惜しかった。試合はたしかに負けたが、宮崎正裕はかれがひそかなライバルとしてきた渋谷くんと対等にたたかったことで、じぶんにちからがついたといううれしい自覚を持った。渋谷勝弘は地区予選を勝ちあがって代表二名にのこり、県大会出場の権利を得た。

宮崎正裕が神奈川県剣道連盟主催の神奈川県青少年剣道選手権大会の、もっと正確にいえば少年の部に出場したのは、八月二十一日のことだった。少年の部は年齢別（十二歳から十九歳）に県下二十七地区（チーム）の選手が個人戦をたたかい、最終的にその成績をトータルして団体戦の成績にしようというものだった。宮崎正裕は鶴見区監督山田尚の推薦で十四歳の代表選手となっていた。

この年、会場にあてられた県立大和運動場内体育館は、役員と出場選手と応援者と観戦者とで、まるでこの季節の片瀬江ノ島海岸のように混雑した。正裕が出場した十四歳の部は、出場二十四名を各組六名ずつの四組に分け、各組六名でリーグ戦をおこなったあと、その代表四名でトーナメント戦をたたかい、順位を決定するという方式になっている。

宮崎正裕はリーグ戦を全勝で勝ちあがった。かれの組に属した有馬晋一郎、亀井賢司らがじつは実力を誇る県下の有名選手であることを知ったのは、大会のあとだった。勝ちあがった最初のトーナメント戦がベスト4による準決勝戦だった。正裕は準決勝戦をも勝ち、決勝戦にのぞんだ。

決勝戦を相模原市十四歳の沢田信章とたたかった正裕は、だが、一本負けで優勝を沢田に譲った。

（でもよかった。これでなにかもらえる）

ここまでよくやったという満足感があった。かれにとっては、県のつく大会ではじめて経験する入賞だった。ほんとうは少年の進路を左右するもっとたいせつなことがじぶんの身の上におきているのだが、かれはまだなにも気がついていない。寛政中学校副校長阿部功がこの大会を観戦し、わが校生徒宮崎正裕のめざましい活躍に注目していた。

（ほう、こんな生徒がうちにいたのか）

阿部は剣道でもよく知られる教育者だった。

2

秋の気配が深まっていた。宮崎正裕もじぶんの進路について考慮しなければならない時期にさしかかっていたが、まだ、将来は漠然としていてなにも見えなかった。剣道はつづけたいが、強豪校から誘いがかかるというほどに活躍した実績もないから、結局、どこか剣道部のある公立校を受験することになるのだろう。

「日大高校にちょっと行って、稽古を見てもらってこい。監督にはわたしが話しておくから……」

と、ある日、館長坂上博一が稽古のあとで、宮崎正裕にいった。監督久保木文夫は玄武館坂上道場開設のころひんぱんに稽古にあらわれていたから、館長先生も節明先生もよく知っているというのだった。

少年たちが知っている県下の強豪校といえば、日大高校（日吉）、鎌倉学園、東海大相模高校の三校だが、そのなかでも日大日吉はナンバーワンだったから、正裕は館長先生に学校名を聞かされたとき、ほとんどたちすくむ思いだった。

東急東横線沿線にある日大日吉高校の道場に監督久保木文夫をたずねた宮崎正裕は、一年生部員と試合をするよう命じられた。あとになって思えば、それがセレクションだったにちがいないが、少年はあわれにこの試合を場外反則で負け、そしてそれっきり、日大日吉からはなんの連絡もなかった。

当然だった。

東海大相模高校剣道部の今井雅彦と黒川剛が潮見橋をわたって玄武館坂上道場にやってきたのはそのころのことだった。かれらを迎えて、道場の少年たちはわきたった。今井も黒川も宮崎正裕よりかは二歳年上で、末吉中学校が神奈川県中学校選抜剣道優勝大会で優勝をはたし、全国大会に進出したときのメンバーだった。剣道少年はかれらの活躍をよく知っていた。われらがスーパースターの突然の出現だった。

道具を担いで突然出現したわれらがスーパースターは少年たちと稽古し、稽古のあとで宮崎正裕に、

「うちの高校にくる気はないか。もしきたらレギュラーになれるようきたえてやる」

と、いった。

思いがけないことばに心臓が躍動したが、正裕のじぶんについての評価はかれらよりずっと低かった。

「ぼく、実績ないし……」

「正裕、どうだ、いちど東海大相模の練習だけでも見にいってきたら」

と、かたわらの坂上節明先生と山田尚先生が背中をおすようにしてすすめてくれなかったら、少

年はもっとためらいつづけたろう。

その日、宮崎正裕は忘れず道具一式をととのえ、両親とともにわが家をでて、東海大相模高校に向かった。鶴見線鶴見小野駅で乗車し、鶴見駅で京浜東北線に乗りかえて横浜駅に着いた。横浜ではいったん駅西口をでたあと相模鉄道横浜駅まで歩いて乗車し、相鉄線大和駅までいき、大和駅では相鉄線から小田急線の急行に乗りかえて相模大野駅までいった。そして相模大野駅で急行から各駅の電車に乗りかえ、ああ、やっとめざす小田急相模原駅に到着した。

鶴見小野駅から相模大野駅まで電車に乗ること四回、要領よく乗り継いでも一時間四十五分かかることがわかった。東海大相模高校は小田急相模原駅南口からまっすぐ、徒歩十分の距離だった。

「旅行みたいに遠い」

と、母の好子がいい、まったくそのとおりだったが、だれもわらわなかったのはたかまっている緊張のせいだった。

大きな道路に面した正門には、訪問者は北門をご利用ください、という掲示があり、北門へいくにはまた少しひきかえし、敷地の塀に沿ってしばらく歩かなければならなかった。

北門を入ってすぐ、まるで行く手をたちふさぐようにして、いま紅葉のはじまったケヤキの大木が天に向かってすっくと立っていた。家族がかたわらの守衛室で案内を乞うと、守衛のおじさんは

道場までの道順をかいつまんで教えたあと、

「ケヤキは東海大学を創立した松前重義さんが大好きな木で、大学も高校もキャンパスにはケヤキがいっぱいありますよ」

と、いった。

北門をまっすぐいったところが野球のグラウンドだった。張りめぐらされたネットの向こう側では、バットが発する快音とともに、あめんぼのようにすばやく反応して打球を追いかける部員たちのすがたが見えた。道場へいくにはネットに突きあたるまえに、左に折れなければならない。

道場は中央の廊下をはさんで左右に剣道場と柔道場があり、参観者はこの通路に背中あわせに並べられた椅子に腰かけて、それぞれの練習をまぢかから見学することになっていた。剣道場では、監督山崎士のもとで、女子をふくむ約三十人の部員たちの練習がはじまった。

いま、かかり稽古。少年の視線は、あこがれの今井、黒川両先輩に注がれている。監督山崎士にはじめにかかったのは今井雅彦だったが、正裕がそこにありありと見たのは、未知の世界の奇妙な光景だった。

今井雅彦は山崎の竹刀に翻弄され、まるでびっしょりと濡れた雑巾のように(と、少年は思った)、床の上に思いきり、ぺたぺた、とたたきつけられていた。たおされるたびに、今井の汗が飛び散るのがわかった。今井が起きようとすると、すかさず山崎が上から、どん、とつぶした。今井がようやく立ちあがると、床にはかれの汗が黒々と不吉なしみをこしらえていた。

「おまえのようによわいやつは剣道なんかやめてしまえ」

「はい」

監督は竹刀で打ち、ことばで突いた。

「つよくなりたかったらもっと稽古しろ」

「はい」

少年は今井雅彦の従順なハイを聞くたびにかなしかった。正裕はこのようなスパルタ的訓練を受けたことがいちどもなかった。かれが好きな剣道はたのしい剣道であってくるしい剣道じゃあない。

3

今井雅彦がやっと打擲から放免されたあと黒川剛が監督山崎士にかかったが、正裕が見た光景と聞いたことばは、今井先輩のときとまったく同じものだった。黒川先輩が浴びている監督の痛烈な叱咤は、少年のなみだぐましい感情をかりたてた。

（先輩たちがよわいとしたら、ここでつよいのはいったいだれなんだろう）

かかり稽古一時間をふくんで、東海大相模の練習は三時間ものあいだつづいた。それは寛政中学校剣道部の一か月の練習の総量と同じか、それ以上だった。

練習のあとで、監督山崎士と部員たちが見学中学生の稽古を受けてくれた。稽古のあと、山崎が正裕を呼びよせた。

「寛政中学校の宮崎正裕はきみだね」

「そうです」

「きみのことは副校長の阿部先生から話を聞いてるよ。どうだ、うちの高校でがんばってみないか。練習にこい」

宮崎正裕は返事に窮した。

少年が知らないところで、副校長の阿部功先生からじぶんの話が山崎先生に達しているらしいことが想像されたが、それがたんなる紹介なのか、とくべつの推薦なのか内容がわからなかったし、うちの高校でがんばってみないかという山崎士のことばも、受験をすすめただけで入学を約束してくれるものとは思われなかった。

帰途、家族はなぜか寡黙だった。いま目撃してきたあのすごい練習風景が、親と子をこのように沈鬱にさせているのだった。

（ぼくはあんな練習についていけるだろうか）

寛政中学校に入学したとき百四十七センチしかなかった宮崎正裕の身長は、そのあと豆科植物の蔓のように二十四センチも伸び、いまでは百七十一センチに達していた。だが、身長は体力を意味しない。もっと問題なのは覚悟だが、少年にはまだ覚悟がそなわっていなかった。

「せっかく山崎先生がいってくださったんだ。練習だけはいってみたらいいだろう」

と、父の重美が息子にいったのは、家族がようやくわが家にたどりついてからだった。やっぱり電車とその乗りかえだけで一時間四十五分かかった。


宮崎正裕は、その後、何回か東海大相模高校をたずねて練習に参加した。でかけてみると、かれと同じように声をかけられて練習に参加している中学校生徒が何人もいて、正裕もその中の一人にすぎないらしいことがわかった。

監督も部員も、中学校生徒はまだお客さまで、おびえたほどにきつい練習も課せられなかったし、こわい叱咤も浴びなかった。正裕には今井雅彦と黒川剛両先輩がとりわけやさしい。鶴見区内に住むかれらは、帰途、電車が正裕といっしょだった。二人は少年を小田急相模原駅前の中華料理店につれていってラーメンを食べさせ、

「うちにこいよ。おれたちがきたえてレギュラーにしてやるよ」

と、同じことばをくりかえした。

今井雅彦や黒川剛のように、強豪校のレギュラーとして活躍するじぶんを想像してみるのは（い

まままで思ってもみなかっただけに、なおさら）たのしかった。

最終的に進路を決定しなければならない時期がきていた。少年の気持ちは東海大相模高校受験に傾いていたが、かれの不安は、私立校にすすむことでわが家の経済に負担をかけるのではないか、ということだった。

ある日、おずおずと母にその不安を訴えると、好子は突然わらいだして、

「おかあさんはマサヒロのそういうやさしいところが好き……おかあさんの心配は学校が遠いということだけよ」

と、いった。

夕食のとき、父の重美が息子たちを前において、

「マサもフミもいいか、おまえたちは金のことで親に遠慮することはない。第一、おとうさんの実力をあなどってもらっては困るよ。マサは安心して東海大相模を受けろ。金の心配より試験の心配」

と、いった。

少年はうれしかった。

（おとうさん、かっこよかったけど、少しむりがあったなあ）

昭和五十三年三月、寛政中学校を卒業した宮崎正裕は、（入学前だったけれど）東海大相模高校

剣道部の春合宿に参加した。新入部員は女子もふくめて十名程度と聞いていたが、春合宿に参加したのは五名で、正裕をのぞくとみんな中学校体育連盟主催の県大会に出場した経験を持ち、九州からはるばると東海大相模にやってきて寮生活にはいった三人のうち宮崎出身の二人は、道場連盟主催の全日本少年剣道錬成大会で優勝した経験さえ持っていた。

春合宿は四、五日つづいた。監督山崎士とレギュラー選手は遠征にでかけていて、残りの上級生部員が運営したが、もう宮崎正裕たちの待遇はお客さまではなかった。

「うちの稽古量は日本一だ。うちほど稽古している高校は全国のどこにもない。だから、休みもない。そのつもりでいてくれ」

と、上級生部員たちはういういしい五人に宣告したが、じつはこれは監督山崎士のくちぐせだということが、遠征チームがもどってきてじきにわかった。三時間の練習は、骨身にこたえた。

4

昭和五十三年四月、宮崎正裕は東海大相模高校に入学した。入学式の日、家族は正門からはいろうとし、思いなおして北門へまわった。新緑の季節をむかえようとしていた。いま、いっせいに芽ぶきはじめたケヤキの大木は、空高く四方に枝を張っていた。燃えるような紅葉もいいが、萌えるような新緑もいい。

希望があふれていた。

東海大相模の剣道部では、部員全員が道場に集合して昼食したあと、放課後はじまる練習のために、道場を掃除するきまりだった。まいにちではないがこれに素振りが加わった。

練習は一日三時間、日曜日は午前と午後と二回の練習があり、当然、その時間は平日より延長された。三時間の練習のうち、一時間はかならずかかり稽古にあてられた。残り二時間の基本練習もふくめ、それがおそらく監督山崎士の思想なのだろう、ひたすら面打ちに終始する。

面ならば、玄武館坂上道場もそれが館長坂上博一の方針だった。東海大相模の面は、だが、宮崎正裕がこれまでからだにおぼえこませてきた、大きくふりかぶって面、とはちがう。相手の中心を割ってドーンといく、刺すような面だった。

自宅から学校、学校から自宅までの往復は、かならず上級生部員を中心にグループで行動するよう指示された。宮崎正裕は三年生部員の今井雅彦、黒川剛と鶴見駅で集合して登校をともにし、下校もともにして鶴見駅で解散した。登校のさい途中で、同じく三年生部員の飛知和利文が三人に加わり、下校のさい途中で三人と別れた。

学校が遠いことを心配した好子の心配も、これで解消された。宮崎正裕にとって幸福だったことは、これらの上級生部員が稽古のとき以外かれにたいしてかわらずやさしいことだった。稽古のときのとくべつのきびしさも、だが、それだって正裕をレギュラーにしたてるための、かれらの愛情だった。

関東高等学校剣道大会の神奈川県予選が逗子開成高校で開催されたのは、宮崎正裕が入学して一か月もたたない四月二十九日だった。これにさきだって部内でもおりおりに試合をおこない、監督山崎士によってメンバー七名（選手五名、補欠二名）の氏名が発表された。

宮崎正裕の名前は、その中に当然ない。

それからしばらくたって、監督が正裕を呼んだ。

「鈴木のヘルニアがわるいようだ。もし、故障したらおまえをメンバーにいれる」

三年生鈴木滋哲はたしかに苦痛がはげしいらしく、そのため稽古を途中であがる場面がときどきあった。そして、やっぱりヘルニアの症状は試合出場に耐えられないものだったらしい。鈴木滋哲がじぶんから辞退を申しでたため、かわって正裕が七人のメンバーに組みこまれた。

試合につよい鈴木滋哲を失いつつも、東海大相模は参加およそ百二十校のうち、よくたたかって準々決勝戦まで進出し、桐蔭学園と対戦した。関東大会の出場校は六校、この試合に勝てば東海大相模の出場は確定する。補欠宮崎正裕が突然、中堅として起用されたのはこの試合だった。

東海大相模は二―一で桐蔭学園に負けた。二敗のうち一敗は正裕が失ったものである。負けた東海大相模は、そのために光陵高校と代表校決定戦を争い、かろうじて六位で関東大会出場の資格を得た。

六月十日、十一日の両日、宇都宮市の栃木県立体育館で開催される関東高等学校剣道大会はまぢかにせまっていた。宮崎正裕じしんがびっくりしたのは、県予選でふがいなくも責任をはたせなかったかれが、一年生からたった一人メンバー入りしていたことだった。

「さあ、こんどは気合を入れていくぞ」

と、いったのは、このときのキャプテン黒川剛だったことはまちがいない。だが、そのために、剣道部全員が（むろん女子部員をのぞいての話だが……）頭を剃りあげることになってしまったのか、そのなりゆきはあとになってもだれ一人思いだせなかった。

宮崎家では好子が家族の理容をひきうけていた。この母はなぜか理容師の資格と道具一式を持っており、これまでは彼女がこどもたちの小学生のときはハサミで調髪を、中学生のときはバリカンで丸刈りを、わが家の玄関でやってきたのだった。

「だけどマサヒロ、おかあさんはひとの頭をカミソリで丸剃りするなんてことは、いちども経験がない。いくらたのまれても、自信ないからだめ」

と、好子は正裕の懇願を断固として拒絶した。

今井雅彦、黒川剛をはじめとする部員有志が連れだって理髪店にはいったのは、日曜日、午前の練習と午後の練習のあいまだった。

「よし、おれたちがさきにやるからおまえたちもあとにつづけよ」

と、理髪店の椅子に並んで腰かけた二人の先輩の表情は、まことに白虎隊の少年のような悲壮感にあふれていた。丸刈りと丸剃りでは、たいしたちがいはないように見えて、その心理作用は天地ほどの隔差があるものらしかった。

午後の練習は、ことさらはげしかった。

わが家にもどってきた鶴見中学校一年生宮崎史裕は、きょうだいの部屋がある二階にかけあがっていって、そこにふとんから少しはみだしている異様な物体を発見した。それは少年がこれまでに写真でも絵本でも見たことのない奇妙なものだったから、思わず、きゃっ、と叫びそうだった。

　史裕が男らしい勇気をふるいおこして観察してみると、それはどうやら人間の頭の一部らし

神奈川県青少年剣道選手権大会で初優勝、しかも兄弟そろってのうれしい勝利（正裕16歳の部、史裕13歳の部）だった

かった。頭の一部には、なにか紐状のものでつよくぐるぐる巻きされたらしい痕が見えた。史裕は足音をしのばせて階段をおりると、母の好子の耳もとにそっとささやいた。

「おかあさん、たいへんだよ。だれか知らないひとがうちにしのびこんで、二階のふとんで寝ているよ」

東海大相模高校一年生宮崎正裕は、疲労のためなかば睡りながら、腕をのばして頭をかいた。締めつけた面紐の痕がひどくかゆかった。

円陣を組もう、校歌をうたおう

1

昭和五十三年度の関東高等学校剣道大会は、六月十日・十一日の両日、栃木県宇都宮市の県立武道館で開催された。宮崎正裕は、東海大相模七人のスキンヘッド、に加えられ、大会に参加している。一年生はかれ一人だった。

「だれか故障者がでたら、宮崎を起用する」

と、監督山崎士はいった。

かれに出場の機会が与えられたのは、東海大相模が予選リーグを勝ちあがって、決勝トーナメントに進出したときだった。山崎が突然、

「きょうは今井の調子がよくない。宮崎、おまえがでろ」

と、命じた。

正裕はびっくりして、心臓がひどくどきどきした。面手拭いがスキンヘッドにまつわりついて、

うまくかぶれない。

「落ち着け。たのむぞ」

と、三年生今井雅彦が正裕の肩をたたいた。

東海大相模は、決勝トーナメントを作新学院（栃木）に四―一、皆野（埼玉）に三―一で勝って準決勝戦、国士館（東京）とたいしたが二―三で敗れ、三位にとどまった。

宮崎正裕は三戦して一勝二敗。

「おまえの一勝はよかったよ」

と、今井がいってくれたが、その一勝が試合の勝利に貢献したとは思われず、むしろ二敗して監督の期待に応えられなかったことで、心が重たかった。

インターハイ（高校総体）の神奈川県予選がまぢかにせまっていた。はたして、宮崎正裕はメンバー入りできなかった。予選は慶応高体育館でおこなわれた。東海大相模は決勝戦まで進出したものの、日大に三連覇を許し、この強固な壁をうち破ることができなかった。

このあと東海大相模は、七月二十五日から福岡市博多区東公園の福岡市民体育館で開催される玉竜旗高校剣道大会に出場した。宮崎正裕はメンバーに抜擢されることはなかったが、ほかの一年生部員三、四人とともに随行を認められ、観覧席から応援した。

（これがあの玉竜旗大会か）

二百八十校におよぶチームが一堂に会し、抜き勝負で勝敗を争うこの大会には、正裕がまだ経験したことのない独特の興奮と熱気があり、かれを圧倒した。東海大相模は一回戦で高千穂高校（宮崎）と対戦し、大将戦までもちこんだが敗れた。このあと、高千穂は決勝戦まで進出しているから、東海大相模は善戦したというべきだろう。この大会、優勝したのは、寺地種寿を擁する鹿児島商工高校だった。

東海大相模剣道部の夏休みは、たったの三日だった。九州の故郷へ帰省した連中も、わが家にタッチしたかと思うと、すばやくターンして学校にもどってきた。そのほかは、すべて練習のために費やされた。

合宿があった。

教室の机を寄せ並べ、貸しふとん屋から借りてきたふとんを、その上に敷いてみんなで寝た。食事は寮の食堂にたのんだ。体力の消耗を思いはかってのことか、肉食中心の献立がつづく。

「宮崎、絶対のこすなよ」

と、きまって今井雅彦が声をかけた。

正裕のトンカツ恐怖症をだれもが知っていた。かれは小学生のころの給食時間を思いだした。滝口則子先生、お元気ですか。正裕はかみちぎった肉をコップの水でまるごとのみくだしたが、すると無性にかなしくなってきて、なみだがこぼれた。

かれをその苦悩から救いだしてくれるのは、友情だった。やさしさとひもじさにかられた一年生のなかまたちが、上級生の視線をかいくぐって、すばやく正裕の皿のものをさらってくれた。このさい好都合なのは、食事をする位置の配列が学年別になっていることだった。

午前と午後の練習はきびしかった。

（早く試験がくればいい）

と、宮崎正裕は思った。

かれは東海大相模に入学してから、学校の試験が好きになった。試験が好きな生徒はめずらしい。なぜなら、中間テストと期末テスト、試験のあいだ（ときにその三日前から）は、剣道の練習が休みになることを知ったためだった。いま、夏期休暇中。そのまったただなかにありながら試験を待ちこがれるのは奇妙な話だったが、考えてみれば、一学期の期末試験はついこのあいだのことだった。

合宿は終わったが、午前と午後の練習はあいかわらずつづいた。かれは鶴見線鶴見小野駅と小田急線小田急相模原駅のあいだ片道一時間四十五分を、四回も電車を乗り換えて練習のために往復した。ついに、いちども海へ遊びにいくこともなく、かれの夏休みは終わった。夏休みは、夏期特別練習と同義語だった。

二学期になってまもなく、朝稽古がはじまった。朝稽古はときに一週間、ときに一か月、日々の練習のほかに追加しておこなわれた。朝稽古は午前七時に開始されるが、一年生はそれよりもっと前に道場に到着していなければならなかった。鶴見小野駅の始発に乗ったのではまにあわない。

正裕は自宅から京浜東北線鶴見駅まで歩いた。徒歩二十五分。制服に学生鞄を肩から下げ、学校指定のボストンバッグを持った。学生鞄には教科書と弁当二つ、バッグの中には洗濯の終わった稽古着と着がえがはいっている。二つの弁当は、母の好子が早朝（というよりもほとんど深夜）起きてこしらえてくれたものだった。

遅れそうになると、自宅から自転車で鶴見駅までペダルを踏み、駅前に捨てて電車に乗った。あとで好子がその自転車を拾いにいった。

朝稽古のあとでは、授業時間がつらかったが、勉強をするには教室で集中するしかなかったから、がまんして先生の授業を聴いた。がまんできなくなると、遠慮しながら睡った。

放課後の練習は、ときに四時間におよんだ。練習が終わってわが家に帰り着くのは、たいてい午後九時になった。途中、三年生部員の今井雅彦や黒川剛らとともに、小田急相模原駅前でラーメンかうどんをすすり、相鉄線横浜駅前でもういちどパンをほおばった。

とにかく、腹が空いた。

2

宮崎正裕の不安は、日々の練習で監督の注意をまったく受けないことだった。ほかの部員たちは姿勢や構えの基本的な矯正にはじまり、細部にわたって監督の指示や叱責を受けていたが、正裕は練習終わりの礼のあと呼びとめられることもなく、ただちに解放された。かれの不安は、

(ぼくはきっと見離されてしまったのだ)

床を雑巾がけしながら、他の部員が山崎から注意を受けているのを見ていると、ひどくうらやましかった。姿勢がよろしくない、といわれて、稽古着の背中に竹刀を突きこまれた部員がいたが、正裕にはそれすらも羨望の対象になった。

監督山崎士が後任木田誠一にバトンタッチすることになったのは、北門のケヤキに紅葉がさしはじめたころだった。部員がいつものように道場に集合して昼食をしていると、一人の青年が突然はいってきて、

「おう、おまえたちうまそうな弁当食っているな」

と、いった。

おとこは道場を一巡すると、ふたたび部員たちの弁当をのぞいて、でていった。あとで、かれらは不快感を露骨にして、

「おい、いまのあれ、なんだ」

といいあったが、だれもこの人物を知らなかった。

臨時の全校集会がおこなわれたのは、午後の授業が開始される直前だった。壇上にのぼったのは、たったいま剣道部員たちを憤慨させたあの青年で、

「本日、着任した木田誠一。体育の授業を担当し、剣道部の監督をつとめる」

と、自己紹介した。

（まいったなあ。後任の監督だったのか）

と、宮崎正裕は思った。さっき、正裕の弁当をのぞいたついでに、

「おまえ、一年生か」

と、木田が声をかけたとき、正裕はあきらかに、むっ、とした表情をこしらえ、無言でにらみかえしたのだった。

木田はこのころ、二十四歳かそこらの年齢だったろう。高校剣道ではあまりに有名な大分県の国東安岐高校から東海大学体育学部武道学科にすすみ、武道学科では山崎士の後輩にあたっていた。前任校は東海大三高（長野）で、そこではどういうわけかサッカー部を任されていた。

この日から、東海大相模ではじまった木田誠一の練習は、基本的には前監督山崎士の方針を踏襲していたが、山崎の直線的な攻めのうえに横からの攻めが配慮された。

差異といえば、横からの攻めに関連して、具体的な技の反復練習があらたに加えられ、練習試合がさらに強化されたことだった。すべての練習をつらぬく軸は、試合、らしい。

練習のきびしさは山崎とかわらず、そのうえ独身の木田は寮に住んでいたから、生活そのものが(トイレとふろと睡眠の時間をのぞけば)剣道で塗りつぶされていた。

新監督木田誠一もまた、前監督山崎士と同じく、宮崎正裕の稽古に指示や叱責を与える気配をまったく示さなかった。山崎から木田へ、

「宮崎はここへきてぐうんと伸びてきた。いまいじると、かえってかれの成長をとめてしまうおそれがある」

という申し送りがあったことを、正裕は知らない。かれは路傍の石のように無視されているじぶんを感じ、ひどく孤独だった。

十一月下旬におこなわれる新人戦がまぢかにせまっていた。そのメンバーが発表された日、木田誠一はまず補欠二名の氏名をあげ、それから先鋒、次鋒と順番に指名していった。先鋒も次鋒も正裕と同じ一年生だった。

木田が中堅に新キャプテン二年生金沢広志を指名したとき、正裕はじぶんがメンバーからはずされたことを自覚した。これからは二年生選手の氏名が読みあげられるのだろう。

(もう一年生の起用はないなあ)

だが、副将も一年生だった。そして、最後に、監督木田誠一が思いがけず、

「大将宮崎正裕」

と、いった。

新人戦には神奈川県下から百二十校をこえるチームが参加した。東海大相模は決勝戦まで進出し、だが、鎌倉学園に敗れて二位にとどまった。大将宮崎正裕は三勝三引き分け、まあ、よく重責をはたしたというべきだろう。

翌五十四年二月、東海大相模に第二体育館が竣工し、快適な環境の道場が用意された。

3

昭和五十四年度は、関東高等学校剣道大会の神奈川県予選で出発した。期日四月二十九日、会場逗子開成高校。東海大相模はくるしみながらも勝ちすすみ、準決勝戦日大と二―二、からくも本数でこの強豪校を下して決勝戦にのぞんだ。

東海大相模の陣容は、先鋒戸高俊彦、次鋒中島久雄、中堅宮崎正裕、副将有馬晋一郎、大将金沢広志。いま、かれらがたたかうのは、新人戦の決勝戦で敗れた鎌倉学園だった。

東海大相模は先鋒、次鋒とあいついで敗れ、中堅宮崎正裕に順番がまわってきた。鎌倉学園は綿

貫。もし、正裕が綿貫に負けたら、そのとき東海大相模の敗北が決定する。

宮崎正裕、綿貫からよく面を連取して、ひとまず危機を脱し、副将有馬につないだ。有馬もまた鎌倉学園小島に面、面—面。勝負を二—二の対にもどした。そして、いよいよ、東海大相模金沢と鎌倉学園大村、大将同士で決着をつけることになった。金沢に面あり。そのまま、時間切れとなって、東海大相模がこの大会に優勝した。宮崎正裕が経験するはじめての県大会優勝だった。

この大会から、東海大相模は試合着をそれまでの紺から白にあらためている。これは監督木田誠一の母校国東安岐高校の剣道部にならったもので、木田は、

「白装束は武士が死を覚悟してことにあたるさい着用するものである。きみたちも、その決心で試合にのぞめ」

と、ずいぶん古風な訓辞を垂れた。

だが、この古風な訓辞は意外にも効果をあげたようだった。部員たちは木田誠一のことばにふるいたち、そして結果をもたらした。

インターハイ（高校総体）個人の神奈川県予選は、五月二十五日、日大高校（日吉）体育館を会場にしておこなわれた。参加選手一校四名、合計約四百八十名……おびただしい人数が会場に集合し、四ブロック（一コート約百二十名）にわかれてトーナメントをたたかう。そして、各ブロックの一位四選手が総当たり戦をおこない、その結果、上位二名の選手が全国大会出場の資格を獲得す

ることになる。

宮崎正裕が出場していた。かれはブロック決勝を鎌倉学園神保とたたかい、神保を下して決勝リーグに進出した。決勝リーグにのこったのは、正裕のほか金沢広志（東海大相模）、石原和彦（日大）、大村宣夫（鎌倉学園）の四選手だった。

四選手による総当たり戦がおこなわれ、宮崎正裕の成績は、〇メメード金沢、×ーメコ石原、〇メメーメ大村の二勝一敗。じつに三選手が二勝一敗で並んだが、本数で優位にあった金沢広志が一位、宮崎正裕と石原和彦とのあいだで第二代表を争うことになった。

これは一本勝負。正裕はさきにリーグ戦で、石原に二本つづけて奪われ、いいところなく敗けている。勝ち目の薄い相手といえたが、

（このさい、ぼくは面でいく）

まっすぐ石原の面に跳ぼうとした瞬間、正裕は石原が小手に合わせてくるのを見た。それからの一連の動作は、まるでスローモーションビデオのように緩慢なものとして、正裕の網膜にのこった。

（やられた）

だが、正裕の小手を襲うはずの石原の竹刀は、どういうわけか途中からまるで失速したかのように宙をすべり落ち、それが正裕にはさいわいした。かれはそのまま跳び込んで、石原の面を打った。

宮崎正裕はインターハイ個人戦、全国大会出場の資格を獲得した。

関東高等学校剣道大会が東京の早稲田大学記念会堂で開催されたのは、それからまもない六月三日だった。結果をさきにいったほうがいい。東海大相模は、いったいどうした、予選リーグから抜けだして決勝トーナメント一回戦、長生（千葉）に敗れた。

だが、かれらのめざすところは、インターハイ団体戦だった。神奈川県で優勝し、ぜひ全国出場を実現させたい。おおかたの予想は、金沢広志と宮崎正裕、二名のインターハイ個人戦代表選手を擁する東海大相模が四年ぶりに全国大会出場をはたすだろう、というものだった。

予想は現実となりつつあった。

六月二十四日、慶応高体育館でおこなわれたインターハイ団体予選で、東海大相模は圧倒的なつよさを発揮して、決勝戦までいっきにかけのぼった。

決勝戦は、ううむ、またしても日大か。中堅宮崎正裕のところにまわってきたとき一対一だった。インターハイ個人代表の宮崎ならば、ここで一歩リードしてくれるにちがいない。

だが、正裕は日大宇田正光からいったん面を取りながら、このあと小手、面を連続して奪われ、負けた。

副将は引き分けた。

まだ、希望はある。期待は大将金沢広志に託された。インターハイ個人代表の金沢ならば、ここでなんとかしてくれるにちがいない。だが、金沢は日大石原和彦に面を連続して奪われた。なんということだろう、予想は直前にくつがえり、ついに現実とはならなかった。

福岡市民体育館でおこなわれた玉竜旗大会は、いや、それより前に宮崎正裕は、国民体育大会の神奈川県予選（少年男子）に出場している。この予選は過去一年間の成績によって二十名の選手が選抜され、四ブロック（一ブロック五選手）にわかれてリーグ戦をたたかう。そのブロック代表四選手と、さらに推薦一名が加えられて、計五名の選手が国体の神奈川県代表選手となるしくみだった。

宮崎正裕は、柏陽高校でおこなわれたこの予選を勝ち抜き、代表選手となった。

七月二十三日からはじまった玉竜旗大会で、東海大相模は最終日の二十五日まで残ったが、五回戦で西大寺（岡山）とたいし、大将宮崎正裕一敗の差を挽回して大将戦にもちこんだが、西大寺柳瀬忠美に敗れて、すべて終わった。

宮崎正裕は、八月二日から四日にかけて滋賀県今津中学校で開催されたインターハイ（全国高等学校剣道大会）に個人出場し、三回戦で清田弘（岡山・関西）に敗れた。

惜しい試合だった。面を先取しておきながら、時間終了まぎわ、うかつにもわれから面に跳んで胴を抜かれ、さらに延長、同様に面抜き胴で負けた。

清田弘は、このあと、決勝戦に進出した。

また、宮崎正裕は、十月十五日から宮崎県高千穂町体育館で開催された国体に、神奈川県少年男子の次鋒として出場した。正裕は勝ったが、チームは一回戦で京都府に敗退した。

4

昭和五十五年四月、宮崎正裕は東海大相模高校三年生になった。北門をはいったところにそびえるケヤキの大木が新緑の季節を迎え、いっせいに芽ぶいた枝々をゆらして、さわやかな風が吹いた。

剣道部の対外試合は、例年どおり四月二十九日、逗子開成高校を会場としておこなわれる関東高等学校剣道大会の神奈川県予選から出発した。

かれらは先鋒木村隆幸、次鋒戸高俊彦、中堅榊悌宏、副将有馬晋一郎、大将宮崎正裕という陣営をととのえた。

東海大相模優勝。

ついで五月二十五日には、日大日吉でインターハイ個人の予選がおこなわれた。会場にひしめく選手は昨年以上で、四ブロックにわかれて試合がはじまった。宮崎正裕はブロック決勝を勝ちあがった。決勝リーグでは〇メコーメ野村（相工大付）、メーメ竹中（鎌倉学園）、〇メー加藤（柏陽）の成績をあげた宮崎正裕が、二勝一分けで一位となり、二位竹中とともにインターハイ個人の代表選手として全国大会に出場することが決定した。

関東高等学校剣道大会は、五月三十一日、山梨県甲府市の県立体育館で開催された。東海大相模は予選リーグを突破して決勝トーナメントに進出したが、準々決勝戦、大田原（栃木）に二―三で敗れた。

ちなみに男子と同じくこの大会に出場した女子は準決勝戦で桜美林（東京）に惜敗して三位。宮崎正裕と女子主将の佐藤実恵子が優秀選手に選ばれた。

インターハイ団体の神奈川県予選が慶応高体育館で開催されたのは、六月二十二日だった。男子四強といわれるのは、東海大相模、鎌倉学園、相工大付、日大で、これに柏陽、藤嶺藤沢、市ヶ尾などがつづいている、とうわさされた。大会の参加校じつに百二十七校四百九十二名。

東海大相模は四回戦で慶応高を三―一、準々決勝戦で川和を三―一で破って、準決勝戦に進出した。そして、かれらが準決勝戦でぶつかったのは、ここ四年きまって決勝戦で相対し、そしてさらにきまって負けつづけてきた日大だった。

宮崎正裕にしてみれば、二名のインターハイ個人代表選手を擁していながら、あえなく退けられた昨年の敗北は、痛切だった。二名のインターハイ個人代表選手のうち、一名はかれじしんだった。

（ぼくのところで一対一、あそこでぼくが勝っていたら、状況はもっとちがったものになっていただろう）

準決勝戦、東海大相模と日大の対戦は、五連覇かそれとも五年ぶり二度目か、の対決でもあった。

ああ、惜しいなあ。いま、日大の陣容がわからない。宇田、中里、山崎、前島らがいた。

試合は極度の緊張を保ちつつ展開した。

先鋒、東海大相模。次鋒、日大。中堅、東海大相模。副将、日大。大将宮崎正裕にまわってきたとき二対二、決着をつけるのは大将の責任だった。

大将戦は東海大相模宮崎と日大前島とのあいだでおこなわれた。まず、宮崎が胴を奪った。ついで、前島が面を取った。ここで一本一本、勝負。ふいに風をおこして白い袴の裾がひるがえり、宮崎正裕のからだが跳んだ。

うむ、小手。

小手あった。審判の旗がいっせいにあがった。応援団がわあっと歓声をあげた。東海大相模が宿敵日大の五連覇を阻止し、五年ぶり二度目の優勝に一歩近づいた瞬間だった。

しかし、まだ、優勝が確定したわけじゃあない。決勝戦で相対したのは、同じく強豪の鎌倉学園だった。さいわい、この試合の両校の陣容はわかる。

先鋒、東海大相模○田上寿男コド―鎌倉学園大沢、次鋒○小田裕章メコ―山下、中堅○有馬晋一郎メコ―竹中、副将○高橋正好メメ―コ鶴見、大将○宮崎正裕メ―高野。

日大を破った勢いをそのまま決勝戦にもちこんだ東海大相模の圧勝となった。東海大相模には五年ぶり二度目、いまたたかった監督木田誠一と選手たちにははじめての優勝だった。正裕の視界には、観客席でOBたちが歓喜しているすがたがはいっていた。

監督木田誠一が不機嫌な表情で、

「おまえ、こんな試合で一本勝ちしているようでは、本大会じゃどうにもならんぞ」

と、いった。

だが、正裕にはほんとうは監督こそいちばんよろこんでいるんだということがわかった。不機嫌な表情があまりに露骨すぎて、それが内心のうれしさを隠すためにわざとこしらえたものであることは、だれにだって見とおすことができた。

ほら、やっぱり、そうだった。

閉会式のあと、木田誠一は選手や部員たちに、

「おまえたち、円陣を組んで校歌をうたえ」

と、命じたのだった。

正裕たちは、優勝旗と表彰状を真ん中において円陣を組み、

昭和55年6月22日、慶応高体育館でおこなわれたインターハイ神奈川県予選にて。宿敵日大高を準決勝で破り、念願の優勝旗を手にする

校歌をうたった。応援にきていた東海大相模の生徒たちも、いっせいに肩を組んで、選手たちのうたう校歌に和した。

宮崎正裕は、青春ドラマのワンシーンに登場しているようで、少し恥ずかしい感情にまとわりつかれたが、監督木田誠一がいまべそをかいているのを見て、その感情をふりはらった。

やがて、かれにも純粋な感動がおしよせてきた。正裕はこの感動に快く心をゆだねて、永遠に校歌をうたいつづけていたいと思った。

京浜急行黄金町駅最寄り神奈川八光堂

1

東海大相模がインターハイでの神奈川県予選で四年ぶり二度目の優勝をはたし、全国大会への出場権を獲得したのは、昭和五十五年六月二十二日だった。

昨年度のこの予選で、東海大相模は金沢広志、宮崎正裕という二名のインターハイ個人戦（神奈川県代表）出場選手を擁し、いっきに決勝戦までかけのぼったものの、絶対有利、というおおかたの予想をうらぎって、あえなく日大高校（日吉）に敗れている。それだけになおさら、こんかいの優勝はうれしかった。

かれらは円陣を組み、校歌をうたった。

玉竜旗高校剣道大会は、インターハイにさきだって七月二十六日から福岡市民体育館で開催された。出場三百十一校二千百七十七人。全国からの自由参加を認め、独特の抜き勝負を採用しているこの大会は、年々その規模を拡大している。各地から集まった選手と、つめかけた観衆と、おびただしい関係者と――福岡市民体育館は熱気のためにふくれあがった。

第二日、いよいよ男子の試合がはじまって、二回戦から出場した東海大相模は、済々黌（熊本）と対戦した。東海大相模は先鋒田上寿男、次鋒戸高俊彦、中堅宮崎正裕、副将高橋正好、大将有馬晋一郎。監督木田誠一が宮崎正裕をこの位置においたのは、抜き勝負というシステムを考慮したうえでのことだったろう。

かれらは名門済々黌について、ほとんど知識を持たなかった。東海大相模は、済々黌の先鋒のため田上、戸高が抜かれ、すぐさま中堅宮崎に順番がまわってきた。

正裕は済々黌の先鋒、次鋒をたおしてタイ、さらに中堅、副将をたおしてチェック（王手）。

（五人抜きのチャンスがきた）

だが、済々黌大将との試合はともに技を決めて一本一本となった。昨年のインターハイ個人三回戦で、面を先取しておきながらタイムアップ寸前、われから面に跳んで胴を抜かれ、結局、延長にもちこまれたあげく負けてしまったにがい記憶がよみがえった。

（このまま引き分けたらチームの勝ち）

ここできめれば五人抜きだが、うかつにはやってはならない。いまは自重して、相手の焦りを待つべきだった。

すると、おかしなことがおきた。試合の途中、なにを錯覚したのか、じぶんからふっと場外にでてしまった相手の選手は、これで反則二回、宮崎正裕の五人抜きはこのとき思いがけないかたちで成就した。

三回戦、東海大相模は久留米商（福岡）と対戦した。宮崎正裕が久留米商の中堅から大将まで三人を下し、東海大相模は不戦二人をあまして、勝った。五人抜きをふくめ、この日計八人をたおした正裕はよくはたらいたというべきだろう。インターハイ神奈川県予選に優勝したときでもほめることをしなかった監督木田誠一が、

「きょうは宮崎がよくやった。五人抜きはなかなかできるもんじゃない。あしたもみんなでがんばろう」

と、いった。

監督にとっても、玉竜旗大会は国東安岐高校時代、青春の血潮をたぎらせたなつかしい大会だった。それがかれのやさしい感情をかりたてているのかもしれなかった。

正裕は木田に認められて誇らしい気持ちを味わったが、じつは大会二日目までに五人抜きをはたした選手が七十八人、十人抜きをはたした選手が十一人もいたことを知って、じぶんの輝きが朝を迎えた無数の星たちのように、しだいに光を失っていくのを感じた。

（すごい大会だなあ）

と、かれは思った。

七月二十八日、大会最終日。この日の試合は四回戦からはじまった。地もと福岡の九州工と対戦することになった東海大相模の選手たちは、じゅうぶんの睡眠と休養をとって、明朗な闘志にあふれていた。このとき、かれらに不吉の予感はまったくなかった。

そして、試合が開始された。

その後の展開は、東海大相模にとって、真夏の夜の悪夢とでもいうべきものとなった。先鋒田上寿男から大将有馬晋一郎まで、東海大相模は九州工先鋒永住礼仁の前に、ことごとく敗れ去ってしまったのだった。相手の進攻を途中で食いとめるために配置された中堅宮崎正裕もまた、永住につづけて二本を奪われ、形勢を挽回するどころか、かえって相手を調子づかせる効果を与えたにすぎなかった。

最悪の結果だった。

九州工の永住礼仁は、きのうの三回戦まで強豪三養基（佐賀）を相手に五人抜きをはたした二年生選手、きょうの四回戦で東海大相模を相手にふたたび五人抜きをはたし、あわせて十人抜きをなしとげた。

東海大相模の選手たちは、試合が終了したあとも、じぶんたちの身の上におきた事態がのみこめないまま、うつろな表情でぼんやりとしていた。あんなはげしい練習にあけくれたおれたちがこんな負けかたをしてしまうとは。うそだろう、いや、これはうそなんかじゃなかった。

会場をでると、日はまだ、中天にとどいていなかった。こんな早い時刻にかれらはもう負けてしまったのだった。

「ふがいない」

と、突然、木田がはげしくいった。かれのすべての感情がこのひとことに凝縮されていた。選手たちは、そのときになって、かれらじしんが招いた結末の意味を理解したのだった。まったく、木田のいうとおりだった。

2

昭和五十五年度のインターハイは、高知県立武道館で開催された。インターハイ団体、神奈川県代表東海大相模は、予選リーグを三重高（三重）、高松商（香川）とたたかって勝ちあがり、決勝トーナメント一回戦で高千穂高（宮崎）と対戦した。

結果は五—〇。

あっ、というまの敗北だった。会場の一隅でふいに風が立ち、一瞬ののち風がやむと、もうすべてが終わっていた。

わずかにさきだっておこなわれた玉竜旗大会で完敗したとき、かれらはじぶんたちにいったいなにがおきたのか、しばらくはその事態がのみこめなかった。だが、インターハイで高千穂高に完敗したいまはちがう。かれらはただちに敗北の意味を理解した。

（つまりこれは実力の差なのだ）

じぶんたちのよわさを率直に認め、高千穂高のつよさに敬意を払った。インターハイでは大将として出場した宮崎正裕も、高千穂高佐伯浩美に胴と小手を奪われ、なすところなく敗れている。

インターハイ個人、一回戦で高橋衛（岩手・盛岡三）を面、面、二回戦で野口智（三重・四日市中央工）を胴、それぞれ破って三回戦にすすんだ宮崎正裕は、だが、そこで木下憲司（佐賀・龍谷）に胴、小手をつづけて奪われ、敗れた。

宮崎正裕は、昨年十一月の新人戦からはじまって、本年の関東大会神奈川県予選、関東大会、インターハイ個人・団体神奈川県予選、国体（少年男子）神奈川県予選にいたるまで、かれじしんとしてはひたすら勝ちつづけ、一敗の経験もないままに、さきの玉竜旗、こんかいのインターハイへとのぞんだのだった。

これらの成績が、かれの自己評価を高いところに導くことになったのは、やむをえなかった。正裕は、じぶんが全国レベルでも上位にある選手と信じ、疑ってみたこともなかった。

だが、宮崎正裕は、玉竜旗からインターハイにかけて連続三試合の二本負けを喫した。これが現実だった。かれの高い自己評価は、たんに過剰な自信がもたらしたあまい幻想にすぎず、かれはいま、砂糖菓子でこしらえた城が心の中でくずれていくのを感じた。

（ぼくも全国で通用するようなつよい選手になりたい）

と、正裕は身悶えするような切実さで思った。


インターハイが終わると、宮崎正裕は、十月におこなわれる栃木国体を待つだけになった。いや、忘れてはならない。例年、八月下旬には、神奈川県青少年剣道選手権大会がある。

県下二十七地区（チーム）の年齢別（十二歳から十九歳）代表選手が個人戦をたたかい、最終的にその結果をトータルして地区（チーム）の成績を決定するという神奈川県剣道連盟のユニークなこの大会は、県下最大の剣道行事として人気があった。

宮崎正裕がはじめて鶴見区の代表選手としてこの大会に出場したのは十四歳（寛政中学校三年生）のときである。このとき準優勝、それがかれを東海大相模へ導く一つの契機となった。

そして、昨年度、宮崎正裕十六歳（東海大相模高校二年生）、かれはこの大会で優勝した。これは正裕が経験した最初の県大会優勝だったが、さらにうれしいことがかさなった。同じく鶴見区の代表選手として出場した十三歳（鶴見中学校二年生）の弟史裕もまた優勝した。

いつものように、両親が応援にきていた。父の重美は、会場外の芝生に兄弟を並べ、それぞれに優勝旗を支え持たせて記念写真を撮ってくれた。

勝っても負けても試合のあとでは父の批評がつきものだったが、勝ったらかんたんにすみ、負けたらくどくなった。正裕も史裕も、

「そんなこと、お父さんにいわれなくったって、ちゃんとわかっているよ」

などとはけっしていわず、がまんして聞いた。それが小学校時代からの兄弟の心得だった。この日の試合批評は、あっというまに終わって、ああよかった。

宮崎正裕はことしもまた、神奈川県青少年剣道選手権大会、年齢別十七歳の部で優勝した。いま忘れずいっておくと、このあともかれは少年の部、青年の部とこの大会でひきつづき三回も優勝をかさね、結局、初回から数えて五回連続して優勝することになる。

県下全域の剣道少年たちにとってそうであるように、宮崎正裕にとってこの神奈川県青少年剣道選手権大会は、記憶にあざやかな大会となった。

そして、九月——

栃木国体がしだいに近づいてきた。国民体育大会の神奈川県予選（少年男子）がおこなわれたのは玉竜旗高校剣道大会より前のことで、ことしも例年どおり、過去一年間の成績によって選抜された二十名の高校生選手が四ブロックにわかれてリーグ戦をたたかい、ブロック優勝選手四名と推薦選手一名、計五名が神奈川県剣道少年男子の代表選手となった。

その内訳は東海大相模の戸高俊彦、有馬晋一郎、宮崎正裕、相工大付の飛知和義則、鎌倉学園の竹中正治。東海大相模教諭の木田誠一が監督としてかれらを率いる……。戸高や有馬や正裕にとっては、これが監督木田のもとでおこなう最後の試合となるだろう。

3

栃木国体がまぢかにせまったある日、それは土曜日の午後だったが、宮崎正裕は学校の帰途、横浜駅で二年生部員の小野竜二が京浜東北線で鶴見駅に向かうのを見とどけてから、京浜急行浦賀行きの普通電車に乗った。

登校、下校のさい、上級生を中心にグループで行動するという剣道部のルールはいぜん遵守されており、下級生部員三人とともに校門をでた正裕は、相鉄線横浜駅までのあいだに二人の下級生部員をおろしてきた。いま別れた小野竜二は玄武館坂上道場の出身で、利用する駅は正裕とまったく同じだった。

京浜急行に乗りかえた正裕は、普通電車で戸部駅、日ノ出町駅をすぎ、黄金町駅でおりた。かれは、神奈川八光堂、に竹刀を買いにいこうとしていた。神奈川八光堂は黄金町駅をおりてすぐ、大岡川にかかる末吉橋をわたって二つ目の信号を左、メゾンイセザキマンションの一階にあった。

薄い闇が霧のようにはいだした時刻で、大岡川の水面で界隈のネオンが揺れていた。店にはいっていくと、二人の先客と話をしていた八光堂の店主がふりかえって、

「ああ、いらっしゃい。宮崎くん、きょうは早いね」

と、正裕にいった。

「土曜日だから……」

「そうか、土曜日か」

店主の有馬宗告は、東海大相模剣道部の宮崎正裕をよく見知っていた。

宮崎正裕が神奈川八光堂を利用するようになったのは、かれが東海大相模に入学してからで、先輩の今井雅彦や黒川剛に連れられて竹刀を求めにきたのが最初だった。

放課後からはじまる剣道部の練習は、ながびくことはあっても短くなることはなかったから、かれらは平日、神奈川八光堂の午後七時の閉店にまにあうことは、めったになかった。そのため、途中から電話をいれた。すると、従業員が帰ったあとも、店主夫妻のどちらかが店をあけてかれらを待っていてくれた。今井や黒川が卒業したあとも、いぜんこうした関係がつづいている。

「あの子はきっとのびる」

と、宮崎正裕の将来をはじめに見通して妻に語ったのは店主の有馬宗告で、この日頃のかれの活躍は、店主夫妻にとってもうれしいことだった。

正裕が何本か選んだ竹刀をとりかえつつ手の内の感触をたしかめていると、ふっとかたわらに人影がさし、突然、

「おまえ、その握りかたはおかしいぞ」

という声がした。

声をかけたのは、先客のうちの一人だった。年齢はたぶん正裕の父よりかは五歳はわかいと思われるこの人物は、なおもかさねて、

「そんな握りかたじゃだめだ」

と、頭ごなしにいった。

それから、このふいの出現者は、神奈川八光堂の店内でほとばしるような情熱をもって、強制的に正裕の指導を開始した。ああ握れ、と人物は命じた。命じられたとおりに握ると、そうじゃない、とおとこはいった。こう握れ、と人物は命じた。命じられるとおりに握ると、そうじゃない、とおとこはいった。

もはや、叱責、にちかい。

人物のコーチは執拗だった。

「よし、それじゃ、その握りかたで素振りをやってみろ」

と、この迷惑な指導者はさらに命じた。これまで黙ってつきあってきた正裕のがまんももう限界

に達しそうだった。

(ぼくはあなたが思っているような初心者じゃないんだ。東海大相模剣道部大将宮崎正裕、これでも国体の少年男子神奈川県代表選手なんだ)

正裕はおとこをふりはらい、さっさと竹刀を買いたかったが、あいにく店主のすがたは見当たらず、かわりに奥のソファーに腰をおろしている先客のもう一人が視界にはいった。ソファーの人物はにこにことわらいながら、たのしそうにこちらを眺めていて、仲介にはいってくれる気配はなかった。

(あっ、あのひと)

かれはソファーの人物をよく知っていた。ソファーの人物は、正裕が出場する大会にひんぱんにすがたをあらわし、きまって招待席か役員席の中央に腰かけていたし、また、正裕が出場した宮崎国体では成年男子のメンバーにはいっていた。ソファーの人物は神奈川県警察の剣道師範有馬宗明だった。

(あの偉いひとがにこにこわらって見ているんだから、このおじさんもたぶん偉いひとなんだろう)

正裕は迷惑な指導者の強制に抵抗するのは断念して、かれの指示にしたがうことにした。

すぐ終わると思った素振りは、人物の注意とともに何回もくりかえされた。見知らぬこのおとこは、高校生の純真なプライドを完全に無視して、指導に熱中していた。かれが正裕をようやく解放したのは、正裕の額から汗が落ちはじめた頃合いだった。

「いいだろう。これからはその握りかたを忘れないように」

「ありがとうございました」

と、正裕は絶対いわなかった。かれはむくれていた。むくれながら、気にいった竹刀を店主から買い求めた。

「国体ではがんばってきなさい」

と、店主が激励してくれた。このとき正裕は、ふたたびソファーで話しこんでいた二人の先客が頭をあげてこちらを見る気配を感じた。

（ぼくのことが話題になるだろうか）

正裕は神奈川八光堂をでながら、それにしても小野竜二を連れてこなくてよかった、と思った。さきほどの光景をかれに目撃されたら、これまで保ってきた先輩の権威はいっきょに失墜してしまったにちがいない。


宮崎正裕が練習のあとで監督木田誠一に呼ばれたのはこのころだった。

「東海大で宮崎正裕がほしいといってきている。なんと、特待生だ。ほかの大学からも二、三わたしのところに話が持ちこまれているが、知ってのとおり東海大学は体育学部武道学科がある」

と、木田はいった。

「ありがとうございます」

「うちの高校は東海大の系列だし、あそこはわたしの出身大学でもあるが、きめるのはおまえじしんだ。ただ、進路選択の一つの資料としていっておく。ご両親と相談しておくとよい」

以後、このことについてわたしはいっさい口をはさまない、と木田誠一がつけ加えたのは、かれのいきとどいた配慮だったろう。

4

栃木国体に参加する神奈川県選手団五百二十八名の結団式が、十月四日、横浜の神奈川区公会堂でおこなわれた。競技プラカードに先導された二十九種目の代表が入場しようとしたとき、宮崎正裕はそこにおもいがけない人物を発見して、きっかり十センチメートルは跳びあがるほどびっくりした。ほんとうに、藪から棒が飛びだした、という感じだった。

かれが神奈川区公会堂で発見した人物は、さきごろ神奈川八光堂の店内で遭遇したあの、迷惑な指導者、だった。あの日とちがって、人物は神妙な表情をこしらえて、列の中にいた。

(ああ、よかった。あのときこのひとのむりやり教授をじっとがまんしてやりすごしたのは正解だった)

と、かれはいまになって、幸運に感謝した。

あの人物がだれなのかはすぐにわかった。監督高野武が率いる神奈川県剣道成年男子の代表選手は、伊藤次男、浜名哲朗、小河浄久、清水治夫、狩野勝義。みんな神奈川県警察でかためている。

あのひとは、小河浄久だった。

結団式のあと、選手団は場所をかえ、神奈川工高グラウンドで、行進練習をおこなった。給与されたユニフォームはブルーに県鳥の白いかもめをあしらったジャンパーに、純白のズボンだった。

ブルーに県鳥のかもめをあしらったジャンパーに、純白のズボンという明るいユニフォームを着て、栃木国体にのぞむ

正裕は小河浄久の存在を意識するあまり、なんども歩調を乱した。
栃木国体（剣道）は、十月十三日から十五日まで、日光市体育館で開催されることになっており、代表選手チームは十一日に現地にはいった。少年男子も成年男子も古い旅館のつづき部屋が宿舎にあてられ、間仕切りをはずすと、大部屋のぶっこみという感じになった。食事もいっしょだった。さっそく、自由な往来になった。

宮崎正裕は、しぜんのなりゆきとして、小河浄久とまぢかに対面しなければならなかった。小河は、正裕にたいしておこなった神奈川八光堂のむりやり教授をおぼえているのかいないのか、表情にも態度にもとくべつの変化をあらわさなかったから、正裕もあいさつのしようがない。まさかこちらから、

「そのせつは、どうも……」

というわけにいかないではないか。

剣道競技会の開始式は十三日午前九時からおこなわれ、式次第と公開演武が終わったあと、午前十時から少年男子の試合がはじまった。

神奈川県少年男子は、二回戦から出場して佐賀県チームと対戦した。結果をいってしまえば、チームはあえなく五―〇で敗れ、大将宮崎正裕は前山高広（龍谷）に二本つづけてきめられた。なんということだろう、正裕にはことし三回連続して経験する五―〇のチーム敗退、三回連続して経験する二―〇の個人敗退となった。

またしてもかれは、全国、というハードルの高さを思い知らされた。

（ぼくはただ神奈川県でつよいというだけの選手なのか）

それは、突然の季節、のように宮崎正裕に吹きつけた。狩野勝義や清水治夫や小河浄久が、神奈川県成年男子代表選手というよりか神奈川県警察剣道師範という本来の職分にもどって、この日夕食のあとで、正裕に卒業後の県警就職を熱心に勧めはじめたのだった。

正裕は警察官になったじぶんを、これまでたったのいちどだって想像してみたことはなかった。かれらは警察剣道についてまったく無知な正裕のために念入りな説明をほどこした。

(そうか、警察でも剣道がやれるのか)

「そうだ、剣道がやれるんだ。どうだ、うちにきて、剣道をやらないか」

と、かれらはいった。

小河浄久はことさら熱心だった。その熱心さはかれの迅速な行動にあらわれていた。

「きょう、きみの試合を見せてもらったすぐあとで、会場のおとうさんにもごあいさつをさせていただいた」

と、小河がいったときは、正裕もかれのすばやさにおどろいた。たしかに、父は会場で観戦していた。わが子の試合の応援のためなら、この父はたとえ地の果てまでも追いかけていったろう。正裕がいま気づいたことだが、かれはなぜか神奈川八光堂のときの「おまえ」から「きみ」に昇格していた。

「きみの剣道にはなおさなければならない悪癖や欠点もたしかにいっぱいある。だが、大学にいったつもりで四年間うちで剣道をつづけたら……」

と、ここまでいってから、この熱情のひとは目をつぶった。大学ということばがでたので、正裕は思わずわれらが監督木田誠一のほうを見た。この大部屋だから木田の耳にもいまの話はとどいているはずだった。

木田誠一と視線が合った。木田は、うんうん、とうなずいていた。県警の勧誘もまた、進路選択の資料の一つとして聞いておくのがよい、といっているのだろう、と正裕は思った。そのときだった。よおし、と小河浄久が（ただでさえ大きな声なのに、さらに）大きな声でいった。

「きみに全日本選手権をねらわせてやる」

正裕はもともとまじめな性格だから、小河のこのことばを信じ、

（すごい）

と、思った。

ただ、小河浄久がじぶんのことばを信じていたかどうかわからない。神奈川県警は、昭和五十四年度の全国警察剣道大会で、みごとに一部優勝をとげた。こんごもその実力を維持していくためには、有望新人の確保は絶対に必要であり、小河はそのことをじぶんに課せられた使命と思っていた。

「とにかく、いっぺん練習を見にこい。きみも知っているだろうが、われわれは横浜公園の県立武道館を借りて練習している」

と、小河は正裕にいった。

京浜急行黄金町駅最寄り神奈川八光堂での奇妙な遭遇が、意外な方向へ発展していきそうだった。

宮崎正裕はその予感を抱いて、日光から横浜に帰った。

神奈川県警察学校初任科第一〇八期生

1

宮崎正裕が栃木国体出場のさい受けた神奈川県警への就職勧誘は、たとえばあたらしい季節の前触れに吹く、つよい風のようなものだった。日光からもどったかれは、風に吹かれて、横浜公園の県立武道館をたずねた。

平和球場の東側、大桟橋通りに沿って戦前から建っていたコンクリート三階建ての堅牢な旧武道館は、横浜スタジアム建設計画によって平和球場とともに取り壊され、いまあるのは新武道館が岸根公園に建つまでのあいだ、つなぎとして用意された仮設プレハブだった。かつて宮崎正裕がめでたく初段に合格したのがこの県立武道館だった。

高校卒業後の進路は、大学ならば（体育学部武道学科のある）東海大へ、と仮定していた宮崎正裕に、就職ならば神奈川県警察へ、というコースがふいに開かれた。大学への進路も特待生という恩典にめぐまれていたが、就職へのコースも、かれに熱心な説得を試みた県警の剣道師範小河浄久

によると、

「きみがもっとつよくなりたいとのぞむのなら、大学にいったつもりで四年間うちでとことん剣道をやってみないか。そうしたら全日本選手権をねらわせてやる」

という誘惑的なものだった。

全国レベルの大会でじぶんの実力が通用しなかったという屈辱は、宮崎正裕の心の中でくすぶりつづけていた。つよくなるためだったら、かれはたとえ悪魔の囁きにだって耳を傾けたろう。それに小河浄久は悪魔なんかじゃなかった。

ある日、宮崎正裕は道具一式を担いで京浜東北線関内駅で降りた。東海大相模の剣道部を引退した三年生宮崎正裕は、放課後の部活から原則として解放されている。練習は自主参加になっていて、時間の裁量は比較的に自由だった。

南口にでて道路をわたると、すぐそこが県立武道館のある横浜公園だった。どこから風にのって種子がはこばれたのか、石畳のすきまからのびた数本のコスモスが薄紅色の花をつけている。神奈川県警の剣道特別訓練員が、平日、この県立武道館を借りて練習していることを宮崎正裕に教えたのは、小河浄久だった。

県立武道館は、稽古の喧騒と汗の匂いに満ちていた。いちはやく宮崎正裕の制服姿を認めた小河

浄久は、つかつかと歩みよってくると、

「ほう、道具を持ってきたな。じゃあ、さっそくしたくしろ」

と、いった。

それからかれは、稽古に加わった。稽古のあいだじゅう、正裕は容赦なくつよいちからで打たれつづけた。

東海大相模剣道部は、ときどき監督木田誠一に引率されて、平塚市北金目の東海大学湘南キャンパス（といっても海から遠い丹沢山地の稜線をのぞむ位置にあるのだが）出稽古にいった。大学剣道部との稽古では、むろん打たれるほうが多かったにせよ、打ったり打たれたりした。

出稽古では練習試合がくわだてられた。大学剣道部の一年生部員とおこなう練習試合では、宮崎正裕たちがうっかり勝ってしまうことだってあった。

（だが、ここの稽古はなにかがちがう）

正裕が警察の稽古でまっさきに感じたのは、たとえ相手がだれであれ、かりそめにも稽古で許してなるものか、というひとびとの強固な意思だった。そして、じっさい、正裕に一本たりとも許した者は、だれ一人としていなかった。

「おれにさわるな」

と、面金の奥からことばを発した者はいなかったが、だれにも許さないというかれらの強固な意思は、目に見えない無数の矢となって放たれ、正裕の皮膚に突き刺さった。

正裕と相手のあいだには、きびしい拒絶の壁がたちはだかっており、かれがこの壁を乗りこえようとすると、たちどころに鋭くて重たい打突が襲いかかった。

(これがプロなのか)

かれが目がさめる思いで自覚したのは、ある種の感動だった。いま、打突された部位、とりわけ頭の天辺がひどく痛かったが、それさえむしろ快感だった。玄武館坂上道場から東海大相模、正裕は師の教えにしたがって面を打つことに執着してきた。かれの願望は、会心の面、にあった。

県立武道館のこの稽古では、ひとびとが遠間から面に跳躍してドーンと打ち切っていたが、それは正裕がひさしくあこがれつづけてきた面だった。かれはかれらの面の打ちかたに心を奪われた。

(ぼくもあんな面を打てるようになりたい)

やがて、練習が終了した。

県立武道館をでると、まちはもう黄昏れていて、くるときに見かけたコスモスの花のありかはわからなかった。

2

第二十八回全日本剣道選手権大会が日本武道館で開催されたのは、昭和五十五年十二月七日だった。この日、東海大相模剣道部は、監督木田誠一に引率され、大会観戦のため日本武道館にやってきて、二階席の一角にかたまった。日本武道館にはアリーナ席（試合場）、一階席、二階席があり、二階席は最上階だった。

「おい、たのむぞ。神奈川の選手だけじゃなくて外山と古川も応援してやってくれ。二人とも優勝のチャンスありだ」

と、木田は左右の部員たちにいった。かれは、もうこれまでに何回となく同じ科白をくりかえしていた。

「わかっています」

と、宮崎正裕は部員たちを代表して、木田に約束した。

この大会に集まった各都道府県の代表選手五十八名、宮崎県代表の外山光利（高鍋高教員）と北海道代表の古川和男（東海大四高教員）は、ともに東海大学体育学部武道学科で木田誠一の同期だった。

開会式のあと、西川源内と石原忠美によって日本剣道形が演じられ、そのあとただちに一回戦が開始された。一回戦、外山も古川もともに延長戦にもつれこんだがよくこれをしのぎ、二回戦に進んだ。一回戦で神奈川県代表の大久保和彦（県警）と寺牛三紀（県警）が敗れたのは、東海大相模の剣道部員にとってひどく残念だった。監督木田誠一の知り合いでもある大久保は、東海大相模の道場にあらわれて、かれらを指導してくれたことのあるいちばん身近な選手だった。

二回戦、外山は勝ったが、古川が負けた。

「ううん、やられたか、古川」

と、木田が天を仰いで嘆息した。

古川和男は、昨年、めざましい活躍で剣道界の話題をさらった。世界剣道選手権大会（個人戦）準優勝、全国教職員剣道大会優勝、全日本剣道選手権大会準優勝……。数えて三回目の全日本選手権出場となるこの大会は、最も頂点に近い選手の一人として期待されていたが、期待の重荷がかえってかれから生彩を奪ったのかもしれなかった。初出場の埼玉県代表上野光弘（県警）に敗れて、試合場を去った。

外山光利は三回戦も勝って、いま、四回戦。かれはこの大会が全日本選手権四回目の出場だが、過去三回の出場はいずれも四回戦の壁をクリアできず、ベスト8にとどまってきた。ことしはたしてどうか。上段に構える福岡県代表原博生（県警）にたいして間合を遠くとり、辛抱づよく機会を待って延長一回、ずずっ、と原の咽喉を突いた。

外山、念願の四回戦突破をはたした。

「予感がするぞ」

と、木田がいった。

ここで、米野光太郎と神之田常盛による杖道の演武があった。

準決勝戦、外山光利は東京都代表西川清紀（警視庁）とたいした。西川はこの大会四回目出場、過去に準優勝一回の実績を持っている。外山の苦戦はまぬがれないところと思われたが、試合は意外に早く、外山が面を連取して決着がついた。

もう一組の準決勝戦は、高知県代表渡辺三則（県警）と熊本県代表山田博徳（県警）がたたかい、山田が勝った。山田はこの大会十回目の出場だった。過去に優勝一回三位三回、昨年の世界剣道選手権大会（個人戦）では、決勝戦で古川和男を破り優勝をとげている。

ここで、宇都宮毅、西川迪、国田一による居合の演武があった。

そして、いよいよ決勝戦になった。外山光利と山田博徳は昨年のこの大会でも対戦し、このときは山田が面で勝っている。いま、両者、蹲踞から立ちわかれた。

山田は諸手突きを連発するが、外山はつねに遠い。やがて山田は小手に標的を絞りはじめた。小手に外山の注意を集めておいて面か。ともに一本なく延長戦にはいった。すぐさま、山田がでた。はたして小手から面。外山がこれを右下に切り落として、山田の面にいった。勝負、あった。

宮崎正裕がまぢかに全日本剣道選手権大会を観戦したのは、これがはじめてだった。日本武道館を立ち去って鶴見線鶴見小野駅に帰り着くまでのあいだ、かれがときどき痙攣的に身震いしたのは、しのびよってきた寒気のせいではなく、まだ余韻としてのこっている観戦の興奮が、突如としてかれのたましいをゆさぶるせいだった。

(ぼくも全日本剣道選手権大会に出場するような選手になりたい)

と、かれは思った。そんな機会がぼくにやってくる日があるのだろうか。

「神奈川県警にこい。そうしたら全日本選手権大会をねらわせてやる」

といった師範小河浄久のことばがリフレインしながら幻聴のように聞こえてきた。東海大学進学という仮定がにわかにゆらぎはじめた。

3

昭和五十六年三月、宮崎正裕は東海大相模高校を卒業し、かれの汗が大量ににじみこんだ道場と、天高く枝を張った北門のケヤキと、五つボタンの黒い制服と、詰め襟につけた校章やクラスバッジと、別れた。

卒業式で、皆勤賞（というのかなあ）、をもらった。高校生活の三年間、無欠席、無遅刻、無早退だったことを知って、かれはじぶんでもびっくりした。

教室の学業が好きだったからこうなってしまったのではなく、道場の練習を休むことができないからこうなってしまったのだった。中間試験、期末試験を待ちこがれたのはほんとうだが、それは試験のあいだつらい練習が休みになるからだった。

そのつらい剣道の練習をこんどはじぶんから求めて神奈川県警察にはいるのだ、と思うと、なんだかふしぎな気がした。宮崎正裕を待っているのは、警察剣道、という未知の領域だった。

かつて玄武館坂上道場が誇った最強の少年剣士亀川範明くんも、寛政中学校でともにたのしい剣道部づくりをめざした重田英明くんも、地もと横浜東高校でおだやかな剣道部生活をおくり、二人はことし大学に進学することになっていた。中学校時代、宮崎正裕のまえにつねにたちふさがったあのまぼろしのライバル矢向剣友会の渋谷勝弘くんは、高校進学とともに剣道から遠ざかったらしく、その後各種の剣道大会でかれのすがたを見かけることがなかった。

宮崎正裕は過ぎ去ったあれらの日々がなつかしかった。かれにもかれらと同じ人生の選択が許されていたのだ。剣道をはじめたころ、玄武館坂上道場でいちばん未熟だった少年が、いま、いちばん困難な道に踏みだそうとしていた。

（ぼくがいく道は、もうひきかえせない）

と、正裕は思った。

昭和五十六年四月二日、それは宮崎正裕が神奈川県警察学校に入校する日だった。この日、横浜は早朝からはげしく雨が降っていた。警察学校入校にそなえて、重美が息子のために背広上下と、それにともなって必要になるワイシャツ、ネクタイ、紳士靴など一式を、買いそろえてくれた。

「ところでマサ、おまえネクタイ一人で締められるのか」

と、重美がいったのは、昨夜、正裕が寝るために二階にあがろうとしたときだった。かれはもう睡たかった。

「ネクタイなんか、なんとでもなるよ」

と、正裕はこたえた。

だが、きょうじぶんではじめてネクタイを締めようとすると、これはなんとでもなるものではないことがわかった。重美はすでに出勤していた。正裕はあやつり悩んだあげく、ついに断念して母にたすけを求めたが、好子の返事ははかないものだった。

「わたしもできない」

「おかあさん、おとうさんのネクタイ締めてあげたことないの」

「ない」

だが、そのあと、うちをでていった好子は、すぐさま近所のおじさんをともなってもどってきた。おじさんはわらいながら玄関でネクタイの締めかたを正裕にコーチし、おめでとう、といった。もう、でかけなければならない時刻だった。正裕がバッグを持って立ちあがると、

「駅までおくっていく」

と、好子がいった。雨はいぜんとしてはげしく降っていた。

「ひどい雨だよ。濡れるよ。いいよ」

「いく」

と、好子はかさをさした。

鶴見小野駅までの近い距離を、母と子は横に並んだり前後になったりして歩いた。好子が息子のバッグを持とうとしたが、正裕はわたさなかった。会話は少なかった。踏み切りをわたると、そこが駅だった。

「じゃあ」

正裕は切符を買ってホームにあがったが、電車はなかなかやってこなかった。ふりかえると、母はまだ改札口に立っていた。もう帰るように、と正裕は手ぶりでしめし、やがてかさをさして踏み切りをわたっていく母のうしろすがたがホームから見えた。だが、踏み切りをわたり終わったところで母は立ちどまった。母はこちらを見ていた。

雨の日の入校から一週間後、神奈川県警察学校入校式がおこなわれ、母好子とともに。父重美が写す

（なんだ、おかあさん。警察学校の休みには、ぼく、うちに帰ってくるんじゃないか）

母の気持ちがつたわってきた。そのとき、警報器をチンチンと鳴らしながら踏み切りの遮断機がゆっくりとおりはじめた。

宮崎正裕はこの日、はげしい雨の中を、横浜市栄区本郷台にある神奈川県警察学校に入校した。

初任科第一〇八期生。一クラス三十五名から四十名、五クラスからなる一〇八期生は、これから一年間、厳格な規律のもとで共同生活をおくりながら、警察官として必要な教養を習得しなければならない。かれは八人の同期生とともに、寮の一室で起居することになった。

4

警察学校の日々がはじまった。

ことばづかい、あいさつのしかたなど、日常の細部にわたる礼法の指導も、剣道部生活をへてきた宮崎正裕には苦痛をともなうものではなかったし、憲法、刑法、刑事訴訟法など、はじめて学ぶ教室の授業も、かれに新鮮な興味をもたらした。

剣道と柔道は選択課目として授業に組みこまれていた。当然、かれは剣道を選んだ。もっとも授業としておこなわれる剣道は初歩の域をこえず、むしろ教官の助手として指導にまわることが多い。ときどき教官が、一丁いくか、と誘ってくれ、放課後、道場で稽古する機会にめぐまれたが、それも週二回程度にとどまった。

おどろくべきことがおきた。

乳歯が生えていらいずっとつづいてきた宮崎正裕の偏食が警察学校の寮生活でなおってしまった。生徒たちの栄養を考慮してのことか、食堂では肉を主体としたメニューが多い。

はじめの一週間は食べなかった。寮では間食が許されなかったから、かれは日常的にひもじさをがまんしなければならなかった。つぎの一週間も食べなかった。すると、からだがみるみるやせていくのがわかった。

(ここではだされたものを食べないと生きていけない)

正裕の肉ぎらいは、いまや、生死にかかわる深刻な問題となった。飢えは限界に達していた。その日のおかずはトンカツだった。かれは意を決した。それはかれにとって、悲壮にして重大な決断だった。正裕はソースびたしにしたトンカツの一片を口にいれて奥歯でがじがじとかみ、それからいそいでのみくだした。

トンカツの一片が食道を落ちていくのがわかった。まもなく、おそれていた事態がおきるだろう。いや、なにもおきなかった。胃袋も抵抗せず、なみだもこぼれなかった。かれはおそるおそるつぎの一片を口にいれ、こんどはていねいに咀嚼して嚥下したが、肉体にはなんら拒絶反応がおきなかった。

宮崎正裕はいま、ひどくたのしかった。ウインナーワルツにのって踊るのはこんな気分だろうな、と思った。かれは突然、玉竜旗高校剣道大会で九州に遠征したときのことを思いだした。

あのとき、かれは二年生だった。福岡空港に到着した剣道部員たちに向かって、監督木田誠一はロビーでたからかに宣言した。

「玉竜旗大会の活躍を期待して、これから諸君にビフテキ定食をごちそうしよう」

おおっ、といっせいに喚声があがった。あおざめたのは宮崎正裕一人だった。

「そうだ、宮崎は肉が食えなかったんだなあ。おまえ、ナニがいい」

「てんぷら定食にしてください」

みんながわらった。

レストランにはいってみると、ビフテキ定食は四千円、てんぷら定食は千八百円だった。木田誠一がくっくっと喉の奥を鳴らしていった。

「宮崎は安あがりだからいいよなあ。おれにはありがたいよ」

「なんだか、傷つくなあ」

と、正裕はこたえた。

いま、ひどく衣のあついトンカツをかみきりながら、

(いつかまた木田先生がごちそうしてくれる機会があったら、そのときはぼくだって高くつくおとこであることを絶対に証明してやろう)

と、正裕は思った。


初任科第一〇八期生にはじめて外出が許可されたのは、入校から一か月後、五月のゴールデンウイークだった。宮崎正裕は本郷台駅から京浜東北線でまっすぐ鶴見駅にいき、駅前でわが家へのお

みやげを買った。

かれが最初の月給をもらってから何日とたっていない。一万円札を持つのも、それをつかうのも、これが初体験だった。洋菓子店にはいって、あれだこれだ、とケーキを箱につめてもらい、ずいぶん大胆なショッピングをしたつもりだったが、一万円札で払ってみると、千円札が八枚ももどってきたので、とほうにくれた。

（月給をつかいきるにはどうしたらいいんだろう）

それはじつにかんたんなことだった。だれもが知っているように、両親にさしだせばすむ。

わが家にもどった正裕は、

「わたし、はじめて月給をいただきましたから、少々ですがこれはおこづかいです。こちらはおとうさん、こちらはおかあさん……」

と、二つの封筒を両親にさしだしたか。さしださない。かれにはそこまでまわる知恵がまだそなわっていなかった。正裕はたったの千円を弟史裕にわたし、

「おい、はらがへるだろう。これはラーメン代……」

と、いった。はたして、史裕は感動しただろうか。史裕はこの四月、東海大相模高校に入学した。

鶴見中学校時代の史裕は、県下で一、二を争う優秀選手として知られた。中体連主催の剣道大会で、かれらの剣道部は横浜市で優勝し神奈川県大会二位、全国大会への出場こそ逸したものの、関東大

会に出場するなど活躍した。

警察学校では土曜、日曜の外出を許したが、外泊は認めなかった。たちまち、門限がせまった。宮崎正裕は休日ごとに両親のもとに直行し、まれに東海大相模にでかけて、後輩たちに稽古をつけた。警察学校では、やっぱりじゅうぶんな稽古を期待することはできなかった。

在校中、かれは神奈川県警察でおこなっている警察署対抗の逮捕術大会に、警察学校チームの選手として選ばれ、出場した。選手七名は、約百八十名の生徒の中から選ばれたものだった。

逮捕術大会には、警棒対警棒、徒手対徒手などの種目があり、かれが出場したのは徒手対徒手だった。警察学校チームは二回戦で敗退したが、宮崎正裕はめざましいたたかいぶりで、二人の選手をたおした。

かれは徒競走で劣り、持久力で劣った。スポーツテストではきまって下位にあるじぶんが、格闘技にかぎってつよいのはなぜだろう、とじぶんでも奇妙な気がした。

(それは剣道で養った間合の感覚だろう)

じぶんにひとよりもすぐれてそなわったものは、目、だと思った。かれがはじめて自覚したじぶんの長所だった。もしかしたら、小学生のころ、野球のキャッチャーやサッカーのゴールキーパーを好んでつとめたことが、かれの視覚と動作――反射神経を育てたものかもしれなかった。

十九歳のDèbut（デビュー）

1

神奈川県警察学校初任科第一〇八期生宮崎正裕は、卒業にともなって昭和五十七年四月、川崎警察署外勤三課（現在の地域三課）に配属され、ＪＲ川崎駅の駅前交番に勤務することになった。かれはまた、鶴見区小野町のわが家にもどった。川崎駅はとほうもなく巨大な換気口のように、終日、群集の混雑をのみこんだり吐きだしたりした。

宮崎正裕が神奈川県警察の剣道特別訓練員を命じられ、そのむねの辞令をもらったのは同年五月だった。かれは川崎警察署外勤三課に在籍したまま、とくべつに剣道の練習に励むことになった。この年あらたに剣道特別訓練員の辞令が下りたのは、有馬晋一郎と宮崎正裕の二名で、かれらはともに東海大相模高校の剣道部出身だった。

神奈川県警察の剣道特別訓練員、いうところの剣道特練は、このころ監督幸野実以下二十五名によって構成され、横浜公園にある仮設プレハブの県立武道館をかりて練習をしていた。十四名の師範がかれらを指導した。

師範狩野勝義が宮崎正裕を呼んで、

「阿部先生から、宮崎をどうかよろしく、とごあいさつをいただいている。先生のお気づかいに感謝して、これから特練でがんばれ」

と、いった。

狩野がいう阿部先生とは、正裕が寛政中学校のころ副校長をつとめていた阿部功にちがいない。三年生の夏、神奈川県青少年剣道選手権大会で決勝戦まで進出したかれに注目し、東海大相模へひそかに推薦してくれたのも阿部功だった。

寛政中学校副校長のころは、なぜか剣道部と関係がなかったが、阿部功はじつは剣道に熱心な教育者で、そのあと校長として赴任した都岡中学校、矢向中学校では、みずから剣道部をきたえあげて、それぞれ県代表として全国中学校剣道大会に出場させるという実績をのこしていた。

宮崎正裕は、だが、阿部功をよく知らない。これまでかれは、阿部にことばをかけられたことも、肩をたたかれたこともなかった。そういう人物が離れた場所からじぶんをじっと見まもっていて、かつては道を開いてくれ、いままた心を配ってくれているのだった。

正裕は、うれしかった。

〈気がつかなかったけれど、ぼくはこれまで、親しいひとたちの好意だけではなく、見知らぬひと

たちの配慮にもささえられて生きてきたのだ)
阿部にお礼をのべるべきだったが、どちらを向いて頭を下げればいいのかわからなかったから、いまは師範狩野勝義にふかくおじぎして「ありがとうございます」といった。

剣道特別訓練員の練習は午前九時に開始された。午前十一時まで基本練習。この場合の基本練習はかかり稽古が中心だ。午後一時半から指導稽古、じぶんから、こういう打ちかたができたらいいなあ、と思うような技を積極的に試みる。つぎに特練同士の互角稽古に移って、午後四時半に終了する。

宮崎正裕の稽古は、指導する側からいえば、いくつかの問題をかかえていた。一つは、左足にあった。一つは手くびにあった。一つは、ひざにあった。これらの欠陥は、主に基本練習のさい、徹底的にチェックされ、矯正がおこなわれた。

正裕は元立ちにかかっていると、突然、竹刀で左足をたたかれた。たたきかたは、痛烈だった。背後をふりかえると、そこには師範が形相をかえて立っており、

「打つときに左足を動かすな。いいか。立ったままドーンといくんだ」

と、叱咤した。いったい打つときに左足が動くということは、師範が形相をかえるほど重大な欠陥なのか。

「打ちこんでいったら、間合を考えてふりかえる。ふりかえったら、その足ですぐドーンといかなければならない。左足を継いではいっていたら、そのぶん遅れてしまうではないか」

説かれてただちに矯正できるものではなかった。宮崎正裕のかかり稽古には、しじゅう背後に師範がつきまとって、かれの左足を監視した。左足を継いで打つと、竹刀で痛打された。痛打はつくづくと身にしみた。

宮崎正裕が京浜急行黄金町駅近くの武道具店、神奈川八光堂で竹刀をもとめようとしたさい、突然あらわれた人物に竹刀の握りかたを注意され、ふしょうぶしょうかれの指導をうけるはめになってしまったのは東海大相模三年生、栃木国体出場直前のある日だった。この人物はあとで県警師範小河浄久だということがわかったが、小河があしざまにくそにぎりと呼んだ正裕のこの竹刀の握りかたは、どうやらかれの手くびのかたさから発しているらしかった。この握りかたでは、遠く打つことがむずかしい。逆にいえば、くりかえし遠く打つ練習をかさねることで、手くびのやわらかさを養うことができるのだった。

さらに、宮崎にはひざが曲がるわるい癖がある、というのが指導陣の一致した見かただった。

「そのためにからだが沈む、スタンスが広くなる。そんなにからだを小さくしておいて、つよく攻めることができるものか」

宮崎正裕の改造計画は、日にちの練習の過程で少しずつ、だが、念入りに実行された。指導する側の熱意にむくいるためには、かれじしんがそれ以上の熱意でとりくまなければならなかった。それなのに、小河浄久の批評は辛辣をきわめた。午後一時からはじまる指導稽古、おねがいする正裕に小河は遠くから面一本を打たせておいて、

「なあんだ宮崎、おまえまっすぐ面を打つこともできないのか。からだがへんにねじれて、ろくな面になっていないぞ」

と、いった。

それが小河のいつもの科白だった。本気でいっているのか、挑発しているのかよくわからない。じぶんの剣道を根底からくつがえされるようなことばをあび、

(これではぼくの存在が否定されたのと同じじゃあないか)

名誉を軽んじられて十九歳の宮崎正裕は、逆上して小河に打ってかかった。

2

このころ神奈川県警察の剣道特別訓練員は、監督幸野実、コーチ吉続干城、佐藤正二(コーチ兼選手)、森山博人、五味渕清、笠村浩二、三宅一、寺牛三紀、大久保和彦、中丸明、加藤尚二、田原浩幸、伊藤次男……ら二十五名だった。幸野実をはじめとして、全日本剣道選手権大会、全国警

察剣道選手権大会で活躍した選手たちが同じ道場で面をつけ、すぐかたわらで汗を流していた。宮崎正裕はこれらの有名選手と同じ空気を吸っていると思うだけで、わくわくするようなよろこびを感じ、おのずと新人の当番として課せられるお茶くみや電話のとりつぎなどの雑用も、いっこう苦にならず、いそいそとたちはたらいた。

県立武道館は月曜が休館日だった。休館日には、練習の場所をもとめ、あるときは山下町にある加賀町警察署の道場を借り、あるときは中村町にある機動捜査隊と自動車警ら隊の道場を借りた。借りるたびに、移動しなければならなかった。移動するたびに、新人の雑用が増えた。

横浜駅東口スカイビル五階に友愛武徳殿という道場があった。かつてボウリング場としてつかわれていたフロアを剣道場に改造したもので、シャワー室やロッカー室をそなえ、さわやかにひろい。運営しているのは実業家中村藤雄だが、父は戦前、朝鮮や米国で一大剣道ネットワークを形成したのち東京・杉並に大義塾を設立した中村藤吉、兄は全日本剣道選手権大会優勝二回、準優勝二回、神奈川県警察剣道師範をつとめた中村太郎。かれじしんも中山博道、羽賀準一、森寅雄らに学んだ剣道家だった。友愛武徳殿の筆頭師範に元県警の剣道首席師範菊池伝を迎えて、道場を一般や少年の稽古に開放していた。

宮崎正裕が小河浄久や幸野実にすすめられ、県立武道館での練習のあと、特練の先輩数人とともに友愛武徳殿に稽古にいくようになったのは、この日頃のことだった。小河や幸野もここで指導していたが、友愛武徳殿で正裕らがめざしたのは、菊池伝と中村藤雄だった。

菊池伝は、高野佐三郎と次男弘正（甲子雄）が東京・神田で運営していた修道学院でからだに稽古をたたきこんだ。正裕が菊池におねがいできるのは一回二十分の稽古だった。菊池の打突は芯まで痛い。骨の髄までひびくとはこのことか。小手を打たれると、道場じゅう手をふって走りまわりたくなるほどだった。胴を打たれると、胃が痙攣をおこして息ができなくなるほどだった。

この日は、逆胴を打たれた。からだじゅうの臓器がいちどきにそのはたらきをとめたような気がした。思わずしゃがみこんで、

（これはきっと道具外れだ）

稽古のあと、先輩に訴えて点検してもらうと、先輩は正裕のはだかを見て、

「いや、当たっている。どこも赤くなっていない」

と、いった。

「そんな……」

だが、たしかに道具外れを竹刀で打たれた痕跡は見つからなかった。

一回二十分の稽古は、正裕にとって永遠の時間かと思われるほどにながかった。精根つかいはたしてもう目も昏むかと思われるころ、菊池伝は、

「では、一本」

と、いった。だが、正裕にはいまさらふりしぼる気力も体力ものこっていない。

「許してください」

とはいわなかったが、いっそそう叫んで竹刀を投げだしたい。菊池におねがいする稽古は、いつも霧の中をさまようように、もうろうとした意識で終わった。

中村藤雄はその豊富なわざで宮崎正裕を翻弄した。中村はさらさらとたくみに足をさばいて正裕の竹刀をからだにふれさせず、どんな体勢からでも自在にわざをくりだし、連続して正裕を打った。中村の剣道は、正裕が知らない一種独特のものだった。かれの竹刀はくると思うところからこず、こないと思うところからきて、正裕をたたいた。中村におねがいする稽古では、いつもあやつられているじぶんを感じないわけにはいかず、めまぐるしくあやつられているうちに、ついに息があがって終わるのだった。

道場の下手に退いたあとも、正裕はほかを指導している菊池伝や中村藤雄の稽古から視線を離さなかった。宮崎正裕には、いつでも、どこでも、だれからでも、学ばなければならないことが多くあった。かれのなかに、貪欲な精神、がうまれてこようとしていた。

毎年実施されている神奈川県警察剣道特別訓練員の関西遠征がことしもおこなわれたのは、横浜公園にある仮設プレハブの県立武道館の取り壊しがはじまるころだった。かねて拡張建設をすすめてきた横浜スタジアムの完成と、並行してすすめてきたあたらしい県立武道館の竣工がまぢかにせまっていた。

おりしも、梅雨の季節にはいっていた。

宮崎正裕は、関西遠征十四名のメンバーに加えられた。ああ、そうだ。遠征といってはいけないのだ。遠征ではかれらを迎えいれる側の気分を害してしまう。この場合は出張訓練といわなければならない。特練二十五名、出張訓練十四名にお茶くみ電話とりつぎの宮崎正裕が加えられたことは、幸運だった。

関西出張訓練では、おおむね大阪、兵庫、京都、愛知などの警察を転戦し、練習試合をおこなう。宮崎正裕は、先鋒として出場の機会が与えられた。正裕はよくはたらいて、この関西出張訓練で好成績をあげた。

「宮崎、よくがんばったなあ」

と、監督幸野実がほめてくれた。

関西出張訓練のメンバーに加えられたことは、大会の選手候補にあげられたことを意味していた。

3

岸根公園にあたらしい県立武道館が竣工して、この年七月から神奈川県警察剣道特練員の練習は、この武道館を借りておこなわれることになった。このころになると、試合練習が増えた。それは九月に関東管区警察剣道大会をひかえているためだった。この大会は九人制、交代要員もふくめて十一名が選手として選ばれることになる。二十五名の剣道特練は、いっぽうでなかまだったが、いっぽうでライバルだった。日々の練習は、かぎられた席数をめぐるはげしい競争だったし、それがひいては来年もまた、剣道特練として生きのこれるかどうかをかけたきびしい試練だった。かれらはつねにせとぎわに立たされていた。まいにちがサバイバルのたたかいだった。

監督幸野実が宮崎正裕に、覚悟、を説いた。

「一日練習を休んだら、遅れをとりもどすのに三日かかる。だれかが練習を休んだら、それをよろこぶくらい非情でなければならない。あらたに二名が特練にはいった。そのかわり二名が特練を去った。この意味をよく考えろ」

正裕は鋭利な刃物で心臓を突き刺された思いだった。

(ぼくはあまりむじゃきすぎたかなあ)

かれが先輩笠村浩二に、

「わたしも先輩のような小手を打てるようになりたいと思います。どうやったら打てるか、教えてください」

と、ねがいでたのは、つい何日か前の練習のあとだった。正裕は師範たちの指導のほかに、ときどき声をかけてくれる先輩たちの注意がうれしかった。かれがいまあこがれているのは、かつて全国警察剣道選手権大会で優勝したこともある笠村浩二の絶妙の小手だった。

笠村は宮崎正裕の突然の（しかも気やすい）ねがいに一瞬びっくりした表情をこしらえたが、

「かんたんに教えられるもんじゃないんだがなあ」

といいつつ、正裕に竹刀を構えるように命じた。そのあとで、笠村がひそかに正裕に伝授したかれの得意の小手の打ちかたは、たいせつな秘密だからここで書くわけにはいかない。

（あんなことをねだってはいけなかったのだ。ぼくは先輩におこられてもしかたのないところだったのだ）

と、正裕は幸野実のことばを聞いて後悔した。先輩といえ後輩といえ、特練であるかぎりはおたがいライバルなのだ。笠村のびっくりした一瞬の表情がよみがえった。笠村さん、すみませんでした。

幸野が訊いた。

「宮崎は剣道の夢を見たことがあるか」

「練習で疲れて夢を見るまもないくらいよくねむります」

「夢に剣道がでてくるようでないとだめだ。寝ても起きても剣道のことを考えつづけていたら、きっと剣道が夢にでてくる。そうしたらレギュラーになれる……かもしれない」

「はい。いつも剣道のことを考えつづけることにします」

と、正裕はこたえた。


八月になっていた。蒸し暑い日がつづいていた。

それは午前の練習と午後の練習とのあいだにとる休息だった。つかのまの午睡からさめて、宮崎正裕は
(ああ、ぼくはさっき剣道の夢を見ていた)

と、思った。

夢のなかみはもうはっきりと思いだせなかったが、それはたしかに剣道の夢だった。からだにひどく汗をかいて、起きあがるのもいやなくらい疲れを感じた。そうだ、夢の中でぼくは練習をしていたのだ。公園の木立ちにおびただしくしがみついたアブラゼミがいっせいに鳴いていた。

夢の中で、正裕がかかっていたのは幸野実のようでもあったし、小河浄久のようでもあったし、吉続干城のようでもあった。夢の中の正裕は、ひどくこなされてあわれなほどだった。そして、それはえんえんとつづいた。

夢の中の練習のために体力を消耗していた。いったい、そんなことがあるものだろうか。午後の練習を休みたいと思った。そうはいかない。だが、面をつけるのもたいそう億劫だった。関東管区警察剣道大会はまぢかにせまっていた。

昭和五十七年九月九日、関東管区警察剣道大会（第三十回）が東京・九段の日本武道館でおこなわれた。神奈川のメンバーは五味渕清、佐藤正二、森山博人、寺牛三紀、大久保和彦、三宅一、笠村浩二、中丸明、加藤尚二、伊藤次男、宮崎正裕の十一名、おう、宮崎正裕が選ばれている。オーダーは大会前日になって発表された。正裕が先鋒に起用された。

団体リーグ戦A組は、警視庁、埼玉、神奈川、皇宮警察の四チームでたたかわれた。神奈川は、まず、皇宮警察と対戦した。神奈川の先鋒宮崎正裕、皇宮警察の先鋒池内比三夫。これが宮崎正裕のデビュー戦となった。

メンバー十一名の中にはいったことを教えられたとき、正裕は歓喜と興奮のためある種の浮揚感を味わった。

（よくいう天にものぼる気持ちとはこのことだろうか）

と、かれは思った。飛行機に乗ったことはあったが、天にのぼったことはなかった。東海大相模三年生のとき、横浜公園の県立武道館で警察剣道を体験し、そのつよさにおそれを抱いた。剣道特別訓練員に指名されてかれらの練習に参加し、そのきびしさに不安を抱いた。ぼくははたしてやっていけるだろうか。そのぼくが十一名のメンバーに加えられたのだった。

(でもまあ、補欠として控えにおかれるのだろう。いまのうち試合の雰囲気に慣れさせておこう、という配慮にちがいない)

だから、ほんとうに思いがけない先鋒出場だった。とっさに、めいわくをかけることにならなければいいがなあ、とそのことを心配した。

いよいよ、試合開始。

「うしろに先輩たちがついている。思いきってやってこい」

と、コーチ吉続干城がいった。

日本武道館の試合場は天に高くひろがっていた。正裕がはじめて日本武道館で試合をしたのは、下野谷小学校四年生になったばかりの四月、玄武館坂上道場のメンバーとして、関東小学生剣道錬成大会に出場したときだった。あのときの感覚はもう忘れてしまった。構えてみると、ふだんと微妙に間合がちがった。平常心なんかではいられなかった。なにをやっているかわからないうちに、一本小手を取り、一本小手を取られて、引き分けた。結局、試合は四―一で皇宮警察に敗れた。

つぎに埼玉と対戦した。埼玉の先鋒江田泰一、正裕は面を連取して勝った。結局、五―三で埼玉を破った。このあと、警視庁と対戦した。警視庁の先鋒工藤一夫、正裕は小手一本で勝った。結局、試合は五－四で警視庁に敗れた。

総合成績は警視庁が三戦全勝で優勝、以下一勝二敗で三チームが並んだが、本数で神奈川が二位となった。宮崎正裕の二勝一分けは、よくやったというべきだろう。

4

昭和五十七年十一月八日、日本武道館で全国警察剣道大会が開催された。全国の都道府県警察が一堂に会して勝敗を争うこの大会は、警察剣道のいわばハイライトで、かれらが練習に汗をたらすのは、この日のためだった。この大会は七人制、九名のメンバーでチームを構成する。関東管区大会から定数二名減。だが、宮崎正裕はのこった。五味渕清、佐藤正二、森山博人、寺牛三紀、三一、笠村浩二、大久保和彦、伊藤次男、宮崎正裕。

オーダーは、大会前日になって発表された。宮崎正裕は先鋒として起用されることになった。関東管区大会二勝一分けの成績が考慮されたのだろう。この年、神奈川は第一部（大阪、愛媛、警視庁、埼玉、神奈川、熊本、京都、愛知）からの出場だった。これらの八チームがＡＢ二つのグループにわかれて四チームでリーグ戦をおこない、その勝者二チームが決勝戦を争う。宮崎正裕十九歳は、出場選手中最年少で、第一部にかぎっていえば、十九歳の選手はかれ一人しかいない。

神奈川は、まず熊本、つぎに愛知、さらに京都と対戦して、いずれも敗れた。先鋒宮崎正裕は三勝全勝したが、くわしい内容はいまわからない。チームの決勝戦進出がかなわなかったため、かれの全勝賞はなかった。全敗の神奈川は二部転落が決定した。

そして、宮崎正裕の昭和五十七年は終わった。

神奈川県警察剣道特別訓練員では、二年ごとに監督の交代がおこなわれた。昭和五十八年の監督には小林英雄が就任した。宮崎正裕は川崎警察署外勤三課から第二機動隊に所属がかわったが、いぜん剣道特練として、岸根公園のあたらしい県立武道館で練習をつづけた。

いや、県立武道館だったかどうか、疑わしい。もしかしたら、かれらは練習の場所を旧寿警察署の道場に移していたかもしれない。あたらしい県立武道館は試合場四面がとれる宏壮なものだったが、大会会場としては適していても、かれらの日にちの練習にはむしろ適さなかった。

月曜日休館にともなう移動の不便も距離が遠くなったぶんだけ増えたし、第一、かれらが稽古着を乾す場所もなかったし、ごろごろして（というのもおかしいが）からだを休める場所もなかった。いいじゃあないかそこらへんかってに、というのは、観測があまい。県立武道館には運営上の規則がさだめられているうえ、それではこの新築美麗な県立武道館の美観をはなはだしく損ねるではないか。

昭和58年ごろ、旧寿警察署の道場にて一つ年上の田中陽介先輩と

かれらは旧寿警察署の道場に練習の場所を移した。南警察署の発足とともに寿警察署は廃止され、それにともない建物も撤去されたが、なぜか道場だけがまだのこっていた。むろん、古くて汚ない。だが、それゆえ、かれらの存在が美観を損なうという心配はなかった。

季節は春——

全日本剣道連盟が、本年度から全日本剣道選手権大会の出場選手はその資格を六段以上に制限すると発表したのは、四月のことだった。ニュースはたちまち全国の剣道関係者にひろまった。理由はあるだろう。だが、この措置は、全日本剣道選手権大会出場というロマンを抱いているわかいひとびとに、いいしれぬ失望を与えた。

かれらのロマンは、遠ざかった。

過去、六段未満で全日本剣道選手権大会の優勝を勝ちとった選手には、桑原哲明、戸田忠男、千葉仁、川添哲夫、山田博徳、横尾英治、右田幸次郎、石橋正久、外山光利がいた。宮崎正裕もまた、全日本剣道選手権大会にあこがれて、本格的な剣道家をめざしたのだった。

梅雨どきを迎えて、例年のように関西遠征、いや、関西出張訓練がおこなわれた。監督は小林英雄に交代したが、さいわい正裕もこのメンバーに加えられて、関西を転戦した。


幼稚園からのわが盟友、玄武館坂上道場最強の少年剣士だった亀川範明くんとの親密な交友関係はずっとつづいていた。宮崎正裕が特練道場で持続する緊張した精神を癒してもらえるのは、先輩今井雅彦か友人亀川範明のところしかなかった。

それはたぶん七月、関東管区警察剣道大会を視野にいれて、正裕が練習をつづけているころだった。電話をくれた亀川くんは、会話の途中、ふっと話題をかえて、

「そういえば、こんどの休みに、おれの高校のなかまが集まって、ミニクラス会みたいなものをやるんだ。みんなおれの友だちでいいやつばっかりだから、きみもでかけておいでよ。練習きついんだろう？　いい気分転換になると思うよ」

と、いった。

なぜか、ふと正裕の気持ちが動いた。

宮崎正裕はこの小さな会合で、一人の女性に出会った。

わかく怖れず

1

昭和五十八年の関東（管区）警察剣道大会は、九月二十日、東京・九段の日本武道館で開催されることが決定した。大会はまぢかにせまっていた。昨年、宮崎正裕はさいわいにも両大会の選手として選ばれ、ともに先鋒として出場をはたした。あわせて五勝一分けの成績は、よくはたらいたといっていい。最年少十九歳、警察剣道へのデビューだった。

だが、昨年の成績はことしのレギュラーを保証するものではなかった。いったんシーズンが終われば、ふたたびふりだしにもどる。あたらしいシーズンを迎え、スタートラインに横一列に並んだ剣道特別訓練員は、これまでまたしてもはげしい競争の日々をすごしてきた。

ことし、監督は幸野実から小林英雄に交代している。小林英雄は昭和五十五年十月二日から五十六年五月十一日まで、全日本剣道連盟に委嘱されて西ドイツで剣道の指導にたずさわり、帰国後は関東管区警察学校の教官として出向していたから、ことしの監督就任まで、宮崎正裕がかれに稽古をおねがいする機会はなかった。

もっとさかのぼれば、東京オリンピック開催にあたって、神奈川県警察剣道特別訓練員小林英雄はフェンシング（サーベル部門）の強化選手に選出され、三年間（剣道を離れて）この種目の練習に励んだ。最終選考会で四位。惜しくも日本代表選手枠三名からはずれてオリンピック出場の機会を逸したが、そのあと剣道に復帰して、全日本剣道選手権大会に二回も出場するなど活躍した。異色の経歴を持つ。

監督が交代すれば、選手選考のさいの評価も基準がかわるだろう。すべての特練がそうであるように、宮崎正裕もまた監督小林英雄がどのような評価をじぶんに下してくれるか、それが不安だった。監督小林英雄のもとに、森山博人、佐藤正二、五味渕清ら三人のコーチが配置されている。

関東警察剣道大会をまぢかにひかえて、十一名のメンバーが発表された。佐藤正二、五味渕清、笠村浩二、三宅一、中丸明、伊藤次男、畠山照久、中村俊和、田中陽介、有馬晋一郎、宮崎正裕。ああ、よかった。ことしもじぶんの名前があった。オーダーは（例によって）大会前日に決定された。宮崎正裕は先鋒に起用された。

昭和五十八年九月二十日、関東警察剣道大会、日本武道館。団体リーグ戦A組は、警視庁、神奈川、皇宮警察、千葉の四チームでたたかわれた。さいわい、記録がある。神奈川は、まず皇宮警察と対戦した。正裕は皇宮警察先鋒花田孝正に面を連取して勝った。結局、試合は五―一で皇宮警察を破った。つぎに千葉と対戦した。千葉の先鋒重松公明、正裕は面一本で勝った。結局、試合は四―二で千葉を下した。このあと、警視庁と対戦した。

ここまで神奈川も警視庁もともに二勝、この一戦を制したほうが優勝を勝ちとることになる。神奈川は先鋒宮崎正裕、八将有馬晋一郎がさいさきよくつづけて勝ち、七将田中陽介がひきついだ。警視庁七将西川清紀。過去すでに全国警察剣道選手権を二回獲得し、全日本剣道選手権大会で二位、三位入賞という実績を持っている。

はたして、試合は西川の圧倒的有利のうちにすすんだが、田中はおされつつもきわどくしのぎとおしてもはや時間まぎわ、このまま引き分けにもちこんでくれればそれでもう大金星とチームメイトが祈っているとき、西川の出ばなに田中が真っ向から跳びこみ、ドーンと面をきめた。

神奈川、これで勝ち三つ。つぎの六将戦、神奈川中村俊和と警視庁田村徹のたたかいは、勝負にかける田村の執念をまざまざと見せつけられた一戦だった。田村、面を先取。そのあと、両者もつれて田村が転倒し、容易に起てなかった。故障が発生したらしい。試合は続行不可能と思われたが、田村はあえて続行を訴えた。位置にもどって試合再開、上段の田村は中村が勢いこんででてくるところ、発止と面に打ちおろしてこれをきめ、きめると同時に、どどっ、と音をたてて床にたおれた。田村徹、右膝十字靱帯断裂。重傷だった。かれはこの年、すでにその権利を獲得していた群馬国体出場と全日本剣道選手権大会出場を辞退し、三か月の入院治療を余儀なくされている。

このあと、神奈川は一つの敗けと三つの引き分けをはさみ、大将五味渕清にまわったとき三―二でリード。五味渕が警視庁大将浅野修からつづけて面を奪い、ついに昭和四十九年いらいのA組優勝をとげた。

三戦全勝の宮崎正裕は全勝賞をもらった。もっと、うれしいことがあった。監督小林英雄が、よくやった、と樺(桜の皮)でこしらえた竹刀袋を正裕にプレゼントしてくれた。そればかりではなかった。正裕の活躍とチームの優勝をしるした手紙が、小林から正裕の両親のもとにとどけられた。わが子は練習や試合の模様を、じぶんの家であまり語りたがらない。重美と好子は小林の配慮に感激した。小林の手紙は、その後もおりにふれ、ときどきにとどけられた。

昭和五十八年十一月七日、日本武道館で全国警察剣道大会が開催された。メンバー九名(試合は七人制)に宮崎正裕も選ばれ、先鋒に起用された。神奈川は第二部四十チームによるトーナメント戦に出場し、福島(二回戦)、鹿児島(三回戦)を下したが、福岡(四回戦)に敗れた。先鋒宮崎正裕は三戦全勝したが、神奈川の一部復帰はかなわなかった。

そして、この年も終わった。

2

桜が咲いていた。

東海大相模高校を卒業した宮崎史裕は、昭和五十九年四月二日、神奈川県警察学校に入校した。弟にネクタイの締めかたを伝授したのは正裕だった。

「知恵の輪よりもむずかしいよ」

と、史裕がいった。

「そうだろう」

あれから三年たつのか。正裕は、じぶんが警察学校に入校する日の朝、ネクタイの締めかたがわからずひどくあわてたことを思いだして、おかしかった。

東海大相模剣道部宮崎史裕は、一年生(昭和五十六年)から選手として起用され、試合に出場した。三年生(昭和五十八年)、活躍いちばんめざましい。関東高等学校剣道大会県予選、決勝戦で日大高校(日吉)を破って優勝した東海大相模は、千葉市でおこなわれた本大会でも決勝戦に進出し、埼玉栄(埼玉)を下して初優勝をとげた。大将決戦、宮崎史裕は染谷恒治に勝った。大将の重責をよくつとめてチームを初優勝に導いた宮崎史裕は、かれじしんも優秀選手に選ばれている。

インターハイ県団体予選、東海大相模は決勝戦で横浜商大高を破って二年ぶり四度目の優勝をはたすとともに、宮崎史裕が個人戦でも優勝を勝ちとり、団体・個人あわせて愛知県蒲郡市で開催される全国大会出場をきめた。全国大会では東海大相模ベスト16、宮崎史裕は残念ながら初戦で敗れた。だが、宮崎史裕はこのあと国体（剣道少年男子）県予選最終選考リーグ戦で一位、前年にひきつづき二年連続国体出場をきめた。

前年、神奈川県は準々決勝戦で東京に惜敗してベスト8、昭和五十八年群馬国体では、大将宮崎史裕を擁し、それ以上の進出をめざして沼田市でおこなわれた大会にのぞんだが、二回戦、三―二で熊本県に敗れた。

宮崎史裕には、東海大学をはじめとして多くの大学から好条件で進学の勧誘があった。兄の正裕は思慮ぶかく、

「大学の剣道部でやってみるのもいいんじゃないか」

と、いった。

「でも、ぼくはもうきめているんだ。兄ちゃんといっしょに剣道がやりたい」

と、弟の史裕はきっぱりとこたえた。神奈川県警察を志望したのは、本人の選択によるものだった。かれは兄と同じコースをトレイスしようとしていた。

例年のように関西出張訓練からもどってきて、神奈川県剣道特別訓練員の練習はいっそうはげしくなった。かれらは旧寿警察署の古い道場から、ことし保土ケ谷区狩場町に竣工した神奈川県警察

武道館に練習の場所を移していた。環境は整備された。かれらに与えられた一大命題は、全国警察剣道大会における一部復帰だったが、そのまえに関東警察剣道大会がひかえていた。

わが友亀川範明から電話があった。

「ことしもまた、あのミニクラス会をやるんだ。去年と同じ顔ぶれだから、でてこいよ」

宮崎正裕は、洗足学園大学音楽学部声楽科の学生浜田育代と、ふたたび出会った。剣道のめだかとおたまじゃくしの女子学生が交際するようになった。めだかとおたまじゃくしのデートについては、わざと書かない。

昭和五十九年九月十四日、日本武道館で開催された関東警察剣道大会の団体リーグ戦A組（神奈川、埼玉、警視庁、皇宮警察）の結果は、一位警視庁、二位神奈川、三位埼玉の順となった。神奈川先鋒宮崎正裕は二勝一分けだった。

そして、十一月六日、同じく日本武道館で開催された全国警察剣道大会。神奈川は第二部四十チームによるトーナメント戦に出場し、宮崎（二回戦）、愛媛（三回戦）、岐阜（四回戦）、埼玉（準決勝戦）を破って、ついに決勝戦に進出した。監督小林英雄の率いる神奈川の一部復帰は、このとき確定した。

いよいよ、決勝戦。神奈川の先鋒宮崎正裕は、これまで一つの判定勝ちをふくめて負け知らず、ところが期待に反し鹿児島の先鋒中馬達に小手、面－小手で敗れた。この一敗が尾をひいて、三将戦を終わったところで三－二、神奈川は鹿児島に先行されている。だが、副将笠村浩二が意地を見せて、前原正作に小手、このあと面をきめて大将決戦にもちこんだ。このとき三（6）－三（6）で勝ち点、本数ともにまったくのタイ。ううむ、神奈川大将五味渕清が鹿児島大将末野栄二に跳びこみ面を奪われ、そのあとさかんに反撃を試みたが、結局、時間切れとなった。神奈川は惜しくも優勝を逸した。

剣道特別訓練員宮崎正裕の二年目のシーズンが終わった。

全日本剣道選手権大会の出場資格が六段以上に制限されていらい、警察剣道の新進たちに与えられた個人戦出場の機会は、例年五月におこなわれている全国警察剣道選手権大会だけになった。かれらはこの大会をめざした。関東警察剣道大会、全国警察剣道大会で団体戦出場を実現した宮崎正裕にとっても、全国警察剣道選手権大会出場は、大きな目標だった。

また、春がきた。神奈川県警察学校を卒業した宮崎史裕は川崎警察署外勤三課に配属され、鶴見区小野町のわが家から通勤するようになった。かれは剣道特別訓練員をめざしていたが、それはいつ実現するのか、まだわからなかった。

昭和六十年度の全国警察剣道選手権大会は、五月三十一日、日本武道館で開催される予定だった。神奈川県剣道首席師範有馬宗明が特練二十五名をまえに、

「警察選手権の神奈川代表一名は、部内で予選をおこない、その優勝者をもって選手に決定する。経験、実績はいっさい問わない。予選は全員による総当たり戦……機会は均等である」

と、宣告したのは、警察武道館がうらうらと春の日射しをあびている四月のある日だった。

これまでにも、特練では実力考査のために年二回の部内戦をおこなってきた。部内戦の方法には二通りあった。一つは、全員によるリーグ戦（総当たり戦）だった。一つは、二部制のリーグ戦だった。この場合、まず選手以外の特練がリーグ戦をおこない、その結果、上位成績を得た二名を選手グループに加えて、さらにリーグ戦をおこなう。

じつは、六十年四月におこなわれた部内戦（と警察選手権予選）で、どちらの方法が採用されたか、よくわからない。いまはこのとき総当たり戦が実施されたとしておこう。いずれにしても、苛酷な試練、だった。

3

総当たり戦は、まいにち午前と午後、四日にわたってつづいた。きょうの成績がわるければ、あ

したの試合が憂鬱だった。きょうの成績がよくても、あしたの試合が不安だった。どちらにしても憂鬱と不安がつきまとい、かれらの精神を圧迫した。しかも、ふだんの練習より身体的な苦痛をともなった。

緊張の連続がかれらをいちように無口で、沈痛にしていた。二日たち、三日たち、それでもかれらの成績は拮抗して差がなかった。

最終日、いぜんとして勝敗に優劣がつかなかった。集中がとぎれたら後退してしまう。だれもが憔悴していた。総当たり戦がすべて終わったとき、春の日射しはすでに翳り、薄い闇が足もとに漂いはじめていた。成績の行方は混沌としていた。そして、集計はくりかえし確認された。

一位と二位の差は、わずかに一勝にすぎなかった。一位となったのは、宮崎正裕だった。

首席師範有馬宗明の宣告によれば、総当たり戦の優勝者が神奈川代表になるということだったが、当日、正式の発表はなかった。翌日、やっぱりなかった。正裕の心の中を、不吉な黒い鳥のように、一つの心配がかすめさった。

(有馬先生は、原則として総当たり戦の一位を代表にしたい、といわれたのかもしれない。特練にはいってたったの二年のぼくのような新人が一位になるとは、想像しておられなかったのだろう。だとすれば、変更もありうる)

翌々日だった。神奈川県警察剣道特別訓練員は、全員、道場に集められ、整列が命じられた。そ

のあと首席師範有馬宗明がおもむろにあらわれて、

「きたる五月三十一日、日本武道館でおこなわれる昭和六十年度全国警察選手権大会の神奈川代表は、規定の方針どおり、部内戦で最高の成績をあげた宮崎正裕に決定した。なお、関東管区の推薦選手として、三宅一も同大会に出場する」

と、いった。

宮崎正裕はうれしさで頭がくらくらした。やっと初段に合格したとき、中華街の大珍楼で玄武館坂上道場の山田尚先生から海老チャーハンをごちそうになったことを思いだした。このうれしさはあのときいらいだった。


大会を二週間あとにひかえて、試合の組み合わせが発表になった。全国警察剣道選手権大会では、出場選手六十四名が四名ずつ十六組にわかれてまずリーグ戦(予選)をおこない、そのあとリーグ戦を勝ちあがった十六名がトーナメント戦(決勝)をたたかう。宮崎正裕が属するリーグ戦のグループには、日高清隆(宮崎)、山根庸弘(岡山)、畠山隆(北海道)がいた。

日高清隆、上段。正裕は上段をにがてとした。練習試合をふくめて、ほとんど上段の選手に勝ったことがない。

「こんどの大会にかぎったことではない。これからの選手生活で、上段の選手を避けて通るわけにはいかないのだから、上段にたいする攻略を研究しておくことだ」

と、あたらしく監督に就任した根岸陸夫が示唆した。根岸じしんも、過去に全国警察剣道選手権大会、全日本剣道選手権大会に出場した経験を持ち、三重国体では神奈川のメンバーとして優勝をはたしている。

だが、神奈川の特練には、ふだん上段を執る者がいない。わずかにチームの大将をつとめる五味渕清に上段の心得があり、ときどき、上段で練習をしていた。

「おれでよければ練習相手になってやろう」

と、五味渕が進みでた。

この日から正裕が五味渕のもとへ稽古にいくと、かれはきまって上段を執ってくれた。小手だ、突きだ。ああだ、こうだ。指導は懇切をきわめた。このころ、上段と二刀にたいしては、胸突きが許されている。

「考えて技をだしているうちは、まだ、だめだ。教わったことは反復練習して、からだに暗記させろ。そうしたら、とっさに反応して打つことができるようになる」

と、五味渕はいった。

まったく、そのとおりだった。正裕は五味渕から教わった技をさらにくふうし、じぶんに適したアレンジを施して、イメージトレーニングをおこなった。これらの技は道場の練習でくりかえし試みて、からだにしみこませておかなければならない。

かれは、試合で発生するいろんな場面を設定して、イメージトレーニングをおこなった。じぶんの背後に見えないラインを引いた。ぼくはいま、コーナーに追いこまれている。さあ、どうするか。じぶんの想像で見えない時計の針を動かした。ぼくはいま、一本とられている。さあ、どうするか。場面は何十通りにもなった。これらの場面を道場の練習でくりかえし設定し、からだにしみこませておかなければならない。

だれもがじぶんを応援してくれているのがわかった。五味渕の親切やみんなの応援にむくいるために、大会ではがんばろうと思った。

(目標は予選リーグ突破だ)

なあんだ、目標が低い。やっぱり、めだかの思想だなあ。

昭和六十年度全国警察剣道選手権大会は、五月三十一日、日本武道館で開催された。風が薫っている。九段坂から田安門にかけて、お濠に沿って植えられた桜の木々も緑の色が濃い。北の丸公園に到着した宮崎正裕は、法隆寺夢殿のかたちを模したという日本武道館を見あげながら、公園をわたっていく風を胸に満たした。

ここ十回、昭和五十年度から昨年度までの大会実績では、警視庁の選手がじつに七回も優勝を獲得している。とくに、五十五年度からは西川清紀、塚本博之、西川清紀、遠藤正明と四連覇、ことさら猛威をふるったが、昨年度は遠藤正明が決勝戦で大阪の岩堀透に敗れ、五連覇はならなかった。ことし、警視庁からは西川、塚本、遠藤ら優勝経験者に田村徹を加えて出場した。警視庁選手による王座奪還がなるのか。これを阻止するため、昨年の覇者岩堀透をはじめ、警察剣道の強豪たちがひしひしとつめかけている。

二十二歳、大会最年少で初出場、神奈川宮崎正裕の存在は、かれらの中にあって、あわれなほどにかぼそい。

4

試合にのぞんで、宮崎正裕がじぶんにいいきかせたことは、たった一つだった。

(躊躇するな)

じぶんが持っているものをぜんぶだしていこう。日高清隆、山根庸宏、畠山隆による予選リーグが開始された。

終わってみると、宮崎正裕は全勝でリーグ戦を抜けだしていた。とにかく、夢中で動きまわった、というのが実感だった。にがて意識を持ちつづけてきた上段、日高清隆にも胸突きで勝った。旗があがったとき、あっきまった、と思ったが、突きがきまるまでのプロセスはぜんぜん記憶になかった。

（ああ、これでぼくは責任をはたした）

予選リーグを突破して、最初に思ったのはそのことだった。あとはいつ負けてもみんなが許してくれるだろう。こわいことはなんにもない。二階席の高いところに、試合結果をしめす掲示板があった。試合会場にあてられたアリーナからふりあおぐと、決勝トーナメントに進出した選手として、宮崎正裕、の氏名があった。うれしい気持ちがした。

（思った技が迷わずだせたのがよかったなあ）

先輩三宅一も決勝トーナメントに進出していた。

宮崎正裕は、トーナメント一回戦を親川光俊（沖縄）とたたかい、面に跳びこんで勝った。正裕の経験から、面がきまるのは良い前兆だった。かれは好調の波にのっているじぶんをこのとき自覚した。掲示板をふりあおぐと、二回戦に進出した選手として、宮崎正裕、の氏名があった。うれしい気持ちとはずかしい気持ちが両方した。

トーナメント二回戦に進出したのは、田村徹、岩堀透、宮崎正裕、木下博文（岐阜）、西川清紀、上野光弘（埼玉）、遠藤正明、三宅一の八選手だった。これが準々決勝戦、正裕は木下博文とたたかい、また、面に跳びこんで勝った。

掲示板をふりあおぐと、準決勝戦に進出した選手として、宮崎正裕、の氏名があった。ああ、またあがっちゃった。うれしい気持ちがなくなって、なぜか、はずかしい気持ちがした。みんながぼくの試合を見るんだろうなあ、と思うと、どこかに隠れてしまいたかった。
つぎは、準決勝戦だった。準決勝戦に進出したのは、田村徹、宮崎正裕、西川清紀、遠藤正明の四名。うち、三選手が警視庁だった。宮崎正裕は準決勝戦を田村徹とたたかった。

田村徹、上段。法政大学在学中の昭和四十八年、全日本剣道選手権大会に出場した田村は、初出場ながらいきなりベスト8まで勝ちあがった（宮崎正裕は下野谷小学校五年生、玄武館坂上道場の剣道少年だった！）。

宮崎正裕は、むろん、田村徹の剣歴について知識はとぼしい。かれが知っているのは、警視庁チームの選手として、関東警察剣道大会や全国警察剣道大会でしめしている田村の活躍だった。正裕が小川で泳いでいるめだかだとすれば、田村は滝をのぼっているこいだった。かれは田村のような選手と対戦することになったじぶんがほとんど信じられなかった。田村はきょう、昨年の覇者岩堀透を準々決勝戦で退けていた。

試合は田村が上段からいきなり放った面からはじまった。遠間に構えて慎重に田村をうかがったあと、宮崎の動きがはげしくなった。打っては離れ、離れては打ち、じつにめまぐるしい。動きがとまれば、その瞬間、田村の一撃が宮崎を見舞うだろう。的をしぼらせないために、宮崎は動きをとめられない。

そして、延長戦、展開はかわるか、かわらない。いや、かわった。執拗に動きまわった宮崎がとうとう上段田村の左小手を打った。宮崎正裕、予選リーグから準決勝戦まで六選手とたたかって、きょう無失点……。まだ一本も相手に許していない。

準決勝戦もう一組、西川清紀と遠藤正明の試合は、面と小手を奪って遠藤が勝った。

掲示板をふりあおぐと、決勝戦に進出した選手として、宮崎正裕、の氏名があった。ああ、またあがっちゃった。はずかしい気持ちがなくなって、なぜか、ふしぎな気持ちがした。この広い日本武道館で、たった一組、二名の選手が優勝を争う。それは正裕がまったく想像してもみないことだった。いまから、未知の世界に踏みこむことになる。ボンベなしに水深二百メートルに挑む海のダイバーのような気分だった。

もはや、二位入賞、が確定した。宮崎正裕にとって、全国規模の剣道大会で入賞をはたしたのは、これが最初の体験だった。これでもういいや。

(なんといっても、来年はあの総当たり戦の苦労をしなくてもこの大会に出場できるのがありがたい)

優勝、準優勝の選手には、翌年度の出場資格が与えられるきまりになっていた。これ以上のほうびがあろうとは思えない。

さあ、決勝戦。

昭和60年度全国警察剣道選手権大会決勝戦、遠藤正明が宮崎正裕に面を決める

遠藤正明、宮崎正裕ともに中段。身長一八〇センチ、体重九十五キロの遠藤は、宮崎の行く手をさえぎる大きな岩のようにそびえていた。事実、かれはたちふさがっていた。全日本剣道選手権大会四回出場の遠藤正明は、全国警察剣道選手権大会でも、一昨年度優勝、昨年度準優勝、そしてこれが三年連続の決勝戦、面目にかけても最年少初出場の宮崎正裕に道をゆずることはできない。

試合は宮崎が敏捷にはたらいて遠藤の面をうかがい、遠藤が沈着にそなえて小手、面をねらう展開となった。宮崎に手数は多いが、遠藤に動じる気配がない。延長戦になった。宮崎、面にいった。また、面にいった。そのとき、遠藤が上から宮崎の面に乗った。ずしん、と脳天をかち割るような面がきまった。

遠藤正明が優勝した。

神奈川にとって、全国警察剣道選手権大会のもっとも近い過去の入賞は、昭和五十三年度大会の笠村浩二優勝と、翌五十四年度大会の笠村浩二準優勝だった。宮崎正裕の準優勝はそれいらい六年ぶりの入賞だった。

神奈川県警察武道館に帰りつくと、祝賀会が用意されていた。祝賀会は横須賀線保土ケ谷駅前、寿司屋の小座敷でひらかれた。

サバイバルレース特別講習会

1

弟の史裕に、剣道特別訓練員を命ず、の辞令がおりたのは、昭和六十一年二月だった。兄弟は母のこしらえてくれる弁当を持って、保土ケ谷区狩場町の警察武道館にかようことになった。まいにち、連れだってわが家をでていく兄弟に、

「また、いっしょに剣道ができていいわねえ」

と、母はいった。

好子はたぶん、兄が率い弟が従って玄武館坂上道場を往復していたかつての日々をなつかしく思いだしているのだろう。

だが、警察武道館の練習中、兄の正裕は弟の史裕にたいして、ことさらきびしかった。

この年度の全国警察剣道選手権大会は、五月三十日、日本武道館で開催された。結果をさきにい

ってしまえば、昨年度準優勝の宮崎正裕は、四宮昌明（徳島）、深瀬健三（奈良）、下川祐造（岩手）ら四名によるリーグ戦（予選）を勝ちあがったものの、トーナメント戦（決勝）の一回戦で、上段を執る東一良（愛知）のために敗れ、ベスト16にとどまった。東一良は昭和五十八年度の全日本剣道選手権大会で優勝している。

この大会でめざましい活躍をしめしたのは石田利也（大阪）だった。ＰＬ学園高校から大阪体育大学にすすんだ石田は、三年生のときには大将として全日本学生剣道優勝大会でチームを団体優勝に導き、四年生のときには個人として関西学生剣道選手権大会、全日本学生剣道選手権大会を制した。かれが大阪府警察官を拝命（警察学校に入校）したのは、昭和五十九年四月である。

全国警察剣道選手権大会は、こんかいがはじめての出場だが、予選リーグを二勝一分けで抜けだした石田利也は、決勝トーナメント一回戦で三宅一（神奈川）を小手、面、二回戦で平地隆（大分）を面、準決勝戦で西川清紀（警視庁）を面、小手で、それぞれ破った。昨年の宮崎正裕につづき、初出場選手の決勝戦進出が確定した。身長百八十センチ、体重八十キロ、その雄偉な体格の周辺には、もはや新進とは思えない雰囲気が漂っている。

そして、決勝戦。上野光弘（埼玉）とたいした石田利也は、つば競り合いから得意の引き面を先取し、ついで上野が面にくるところ返し胴にさばいて、これをきめた。全国警察剣道選手権大会、はじめての出場で優勝を獲得した石田の出現は、一つの衝撃だったといっていい。

宮崎正裕が石田利也の優勝を予感したのは、予選リーグでおこなわれた石田と寺地種寿（警視庁）の試合を観戦したときだった。

（つよい）

正裕はこのときじぶんの立場を忘れている。

このころ、寺地種寿は当たり盛り、その勢いを阻止できる者は関東にいないと思われていたが、石田利也は警察剣道で経験まだ浅くしかもはじめての出場でありながら、寺地にたいしてひるむことなく存分にたたかい、試合を引き分けた。正裕が感嘆したのは、この場面でじぶんの能力をあますところなく発揮できるかれの気持ちのつよさだった。それは準決勝戦、西川清紀との試合でも実証され、石田は正裕が予感したとおり、決勝戦へかけのぼった。

結局、この大会は一位石田利也、二位上野光弘、三位西川清紀・近藤亘（徳島）という成績で閉じた。石田は昭和三十六年十月二十日、大阪府堺市で生まれ、小学校二年生のとき、戎野町の菅原神社境内にある威徳会道場で剣道をはじめている。昭和三十八年二月五日生まれの宮崎正裕より一歳少々しかちがわない。正裕にとっては、同時代の剣士として石田利也の存在をつよく意識する大会となった。

全日本剣道連盟が昭和六十一年度第一回特別講習会と称して、二十七名の講習生を東京・代々木の国立オリンピック記念青少年総合センターに召集したのは、全国警察剣道選手権大会からまもない六月二十日だった。

講習生のなかに宮崎正裕がいる。

当日、国立オリンピック記念青少年総合センターでほかの講習生と対面した正裕は、

(なんというすごい顔ぶれであることか)

と、ほとんど息をのむ思いがした。

全国各地から召集された講習生二十七名は、警察、教員、実業団、学生……それぞれの剣道界でこのところきわだってすぐれた実績をあげている一流選手ばかりだった。試みに、かれらが団体戦や個人戦で獲得してきた旗やカップや楯を並べていくとしたら、それらはきっとこのセンターからあふれだしてしまうだろう。

講習会は二十二日までの三日間、全員が合宿しておこなわれ、日にち、はげしい稽古ときびしい試合に終始した。遠藤正明がいた。石塚美文がいた。加治屋速人がいた。西川清紀、大城戸功、林朗、寺地種寿、石田利也、坂田秀晴……らがいた。じつはこのとき集まった全員の氏名がわかる。

そもそも、特別講習会、とはどういう趣旨でくわだてられたものなのか——

昭和六十年(一九八五)四月十三日・十四日の両日、パリ(フランス)のクーベルタン体育館で第六回世界剣道選手権大会が開催された。参加二十四団体三百二十名。日本は当然のこととして団

体、個人ともに優勝をはたしたが、剣道関係者のあいだでは大会直後から、つぎの大会では日本があぶない、という危機意識がたかまっていた。

剣道関係者がおそれたのは韓国だった。

第一回世界剣道選手権大会が日本の東京・大阪で開催されたのは昭和四十五年四月だった。それいらい三年ごとにロスアンゼルス・サンフランシスコ（米国）、ロンドン（英国）、札幌（日本）、サンパウロ（ブラジル）と回をかさねて第六回パリ大会、世界の剣道レベルは着実に向上した。とくに韓国の進歩はいちじるしい。

この大会を韓国の側から見てみると――

団体戦、準決勝戦で日本とたいした韓国は、結局のところ日本に敗れはしたものの、先鋒・K・N・キムは岩堀透から面を連取して一勝、次鋒Y・C・パクは原田哲夫と残念な引き分け、中堅K・S・シンは石田明久に惜しい一本負け……と、肉薄した。次鋒戦、中堅戦ともに、判定はきわどかった。

個人戦、日本選手のあいだで決勝戦がおこなわれ、優勝香田郡秀、二位小川春喜で確定したが、準決勝戦にはJ・C・パク、K・N・キムの二名の韓国選手が進出して、ともに三位に入賞した。

これまで日本が独占しても当然とされてきたベスト4のうち、二つもの席を韓国が奪ったということは、日本にとっても韓国にとっても、大きな事件だった。しかも、小川春喜とK・N・キムとがたたかった準決勝戦では、キムが小手を先取したのちに逆転されるというものだった。

2

パリでおこなわれた第六回世界剣道選手権大会の結果は、日本と韓国の実力の差があきらかに接近したことを物語っていた。日本の剣道関係者は、ひたひたと背後からせまってくる韓国の足音を、聞くことになった。

世界剣道選手権大会の開催地は、アジア、アメリカ、ヨーロッパと、それぞれのゾーン（地域）から、順次、適宜に選定される。つぎの第七回世界剣道選手権大会は、昭和六十三年（一九八八）五月、韓国ソウルで開催されることが決定した。

韓国には地もと開催の意地があるだろう。おそらくこれまで以上にハードな練習をかさね、いちだんと陣容を強化して大会にのぞんでくるにちがいない。

容易ならざる事態が予想された。

いまや、事情は切迫していた。これまで日本は、世界剣道選手権大会は剣道の海外普及事業の一環である、として、警察、実業団、教員それぞれの職業別に何名かずつ選手を選考して派遣してきたが、もはや、こうしたおだやかな方法ですむ時代は終わった、という認識があった。

日本はどうするのか。

あからさまには発表されなかったが、特別講習会はその対応としてこうじられたものだった。昭和六十一年度三回、六十二年度二回の特別講習会を通じて第七回世界剣道選手権大会の派遣選手を最終的に絞りこみ、絞りこんだうえでさらに強化合宿をかさねソウルの大会にのぞむ。

特別講習会に召集された二十七名は、いわば第一次候補選手だった。かれらはみんなそのことを承知しており、宮崎正裕もまた、この中に加えられたことを、一つの幸運と感じた。

(このぼくがよくもまあ、この中にはいれたものだ)

だが、かれはこの幸運があやういものであることも、同時に自覚していた。講習生の選定には、各種大会の成績と特別講習会との成績があわせて考慮され、のちにはあらたな顔ぶれも加えたうえで第二次候補選手二十名に削減され、さらに特別講習会をかさねたうえで、派遣選手十二名が確定される。このあいだじゅう、国内の大会で実績をあげることが要求されるのはもちろんだが、特別講習会でおこなわれる試合でも、つねに上位にとどまっていることが要求された。

特別講習会は、だから、かれらにとっては一瞬の油断も許されないサバイバルレースとひとしく、国立オリンピック記念青少年総合センターは、これからつづくサバイバルレースの出発地点だった。

こうした慎重で厳格な選手選考の方法を採用したことは、日本の剣道関係者がつぎの大会に抱いているつよい不安をあらわしていた。

第一回特別講習会は、だから、初日からコールタールの海に放りこまれたように、その雰囲気は重苦しかった。試合は、勝っても負けても、つらかった。勝てば相手に気をつかい、負ければじぶんが落ちこんだ。背中に十キロの鉛を負い、心中に十キロの鉛を吊ったかのように、肉体的にも精神的にも消耗がはなはだしかった。

かれらは宿舎にもどっても沈鬱な表情をたたえ、黙々とめしを食い、粛々と寝に就いた。この間、だれもが謹慎して、わらい声一つたてない。

(まるでお通夜の席にいるような……)

と、正裕は思った。だが、じっさいはお通夜の席のほうがよっぽどリラックスしていられたろう。

特別講習会の三日間は、ひどくながかった。

皇宮警察創立百周年記念武道大会が済寧館で開催されたのは、特別講習会が終わってわずか五日後の昭和六十一年六月二十七日だった。大会は剣道、柔道、弓道、逮捕術の四部門にわたっておこなわれたが、このうち剣道の部の特別試合は、外来の招待選手と皇宮警察選手とがトーナメント形式で優勝を争った。

招待選手は西川清紀(警視庁)、三宅一(神奈川)、石田利也(大阪)、重松公明(千葉)、松下勝夫(静岡)、上野光弘(埼玉)、原田哲夫(京都)、宮崎正裕(神奈川)、田村徹(警視庁)。

ああ、宮崎正裕も招待されている。

この日も、石田利也がいい。一回戦花田孝正（皇宮警察）から面を連取、二回戦重松公明から小手を連取、三回戦山本照夫（皇宮警察）から小手と面を連取……まるで相手を粉砕するような勢いで進撃し、当然のごとく決勝戦に勝ちあがった。あの雄偉な体格から抑えようもなく精気があふれだしている。

宮崎正裕は一回戦吉田充弘（皇宮警察）から面一本を奪って勝ったものの、二回戦池内比三夫（皇宮警察）に判定、三回戦国吉奉成（皇宮警察）に判定……まるで爪をたてて壁をよじのぼるようにして、ようやく決勝戦に進出した。

石田利也と宮崎正裕は、ともに第七回世界剣道選手権大会にそなえた特別講習会の講習生（選手候補）だった。試合の成績はすなわち選手選考の評価につながるとしなければならない。ライバルをたおすこと、それがサバイバルレースの鉄則だった。

予想は、石田有利、だった。

正裕にしてみれば負けてもともとで、そのぶんいくらか気が楽といえたが、だからといってかんたんに負けるわけにはいかない。

（あたってくだけろ）

と、思った。

決勝戦は皇太子の臨場を仰いで、台覧試合となった。

試合が開始するや、はたして石田は体格を利してなだれこむように圧倒してきた。攻めがきつい。宮崎は石田の攻めをよくしのぎ、しのぎつつ機会をとらえて担ぎ小手、これがきまった。ついで、石田がかぶさるように面にくるところ、あましておいて胴を打った。

これが石田利也と宮崎正裕の最初の対戦だった。二人はそれまで、さきの特別講習会でも、まだ竹刀をまじえたことがない。最初の対戦は、正裕が勝った。

だが、勝った気がしないのはいったいなぜだろう。むしろ、石田利也のおそるべきつよさを実感した試合となった。

(このひととは、きっとこれから生涯にわたってたたかいつづけることになるだろう。つねにぼくのまえにたちふさがるひとだ)

と、正裕は石田利也に敬意を払いつつ、そう思った。

3

昭和六十一年度第二回特別講習会が山梨県信玄道場で開かれたのは、十月四日から六日までの三日間だった。第一回と同じ二十七名が集合した。風光にはやくも秋の気配があったが、かれらには透明な空気も柔和な光線も、これを快適な季節と感じる気持ちのゆとりはなかった。

かれらは、このなかから成績下位の十名が名簿から削られることを、知っていた。まいにちの試合成績が記録されていた。名簿から削られるのは、ぼくかもしれなかったしきみかもしれなかった。

試合成績はかれらにはげしい精神的抑圧をもたらし、サバイバルラインもきわどく上下している候補選手のなかには、極度のプレッシャーにたえかねて、生理的な異常に襲われる者があらわれた。胃袋が食事を受けつけない。かれは食事のたびに痙攣的な嘔吐をくりかえした。だれもがそれに気がつかないふりをした。やさしいことばと親切な介抱は、かえってかれを傷つけることになるだろう。サバイバルレースははやくも苛酷な様相を呈しはじめていた。だれもがうつむきがちだった。

十一月三日、全日本剣道選手権大会が日本武道館で開催された。この大会でベスト4に勝ちあがったのは、岩堀透（大阪府警）、柏木雄二（鹿児島県警）、石塚美文（大阪府警）、亀井徹（熊本県警）の四選手だった。準決勝戦、岩堀と柏木の対戦は面で岩堀の一本勝ち、石塚と亀井の対戦は延長二回で亀井の判定勝ち、昨年の覇者石塚美文には連覇が期待されていたが実現しなかった。決勝戦は延長二回、岩堀が亀井に面をきめた。

この大会、岩堀透は一回戦から準々決勝戦までをすべて二本勝ち、準決勝戦と決勝戦をともに一本勝ち、六試合を通じ一本も与えないで十本を奪うという見事な内容の試合を展開し、優勝した。

いま五段、宮崎正裕には全日本剣道選手権大会の出場資格が、まだない。かれがじぶんの存在をアピールするとすれば、それは警察剣道大会の団体か個人にかぎられていた。

(こんどの全国警察剣道大会は、チームのためにもじぶんのためにもがんばらなくてはならない)

と、正裕は決意した。

いったん一部に昇格した神奈川は、昨年の大会でふたたび二部に転落していた。この低迷から早く脱出しなければならない。


昭和六十一年度全国警察剣道大会が日本武道館で開催されたのは、全日本剣道選手権大会から二日後の十一月五日だった。監督根岸陸夫が率いる神奈川のメンバーは、三宅一、笠村浩二、伊藤次男、加藤尚二、有馬晋一郎、宮崎正裕、高橋滋、日高徳幸、宮崎史裕の九名。ただし試合は七人制でおこなわれる。オーダーが発表され、宮崎正裕は四将として起用されることになった。

第二部四十チームによるトーナメント戦に出場した神奈川は、徳島(一回戦)、福島(二回戦)を下し、福岡(三回戦)と対戦した。いままでのあぶなげなく勝ってきた神奈川がじつに苦戦を強いられることになったのは、この三回戦、福岡との試合だった。

先鋒、六将あいついで敗れたが、五将有馬がよくたたかって神奈川の大崩れをふせぎ、宮崎にまわったとき一―二。

（ここで宮崎が一つ勝ちをかせぎ、二―二のタイにもどしてくれるだろう。そして、流れがかわる）

神奈川にしてみれば、当然の計算だった。

福岡四将横川俊輝。ああ、なんということか。宮崎が横川に小手を奪われて負けた。ここで三―一。チームの期待をになった宮崎が、チームを窮地に追いこんだ。

神奈川、もう、あとがない。だが、三将伊藤が福岡の阿地部幸彦から面を連取してあやうく命脈をつなぎ、副将笠村浩二にひきついだ。このとき三―二、いぜんとして神奈川は王手をかけられている。福岡の副将は石橋正久だった。神奈川の笠村浩二は昭和五十三年の全国警察剣道選手権大会のチャンピオン、福岡の石橋正久は同年度の全日本剣道選手権大会チャンピオン。さあ、わからない。だが、笠村がまず小手、つぎに反則で石橋に勝ち、とうとう三―三のタイにもちこんだ。試合は大将戦で決着をつけることになる。神奈川大将三宅一が福岡大将鳥巣健から小手を奪って勝ち、神奈川が中盤までの劣勢を終盤で逆転した。チームをここまでの苦境にたたせたのは、いったいだれだ。

そして、準々決勝戦（四回戦）。逆転で弾みのついた神奈川は皇宮警察に六―一で快勝し、決勝進出（一部昇格）をかけて、準決勝戦を千葉とたたかうことになった。

この試合、宮崎正裕にまわったとき、神奈川は二―一でリードしている。ここは宮崎、萱野広正にかろうじて判定で勝ち、差をひろげた。はじめての一部昇格をめざす千葉は、三将花島美智夫が伊藤に競り勝って三ー二と追いすがったが、神奈川は副将笠村が土橋通雄からつづけさまに面を奪って、千葉を突き離した。

いっぽうのゾーンからきょう台頭したのは香川だった。二回戦からの出場となった香川は緒戦を島根とたたかい、副将、大将をのこして試合を決めると、いっきに加速した。難関と目された大分（三回戦）との対戦では、先鋒戦こそ失ったものの六将戦から五連勝、さらに準々決勝戦（四回戦）の福井との対戦では、先鋒から四将まで白星を並べて、ベスト4に進出した。

準決勝戦、香川がたいしたのは準々決勝戦で優勝候補鹿児島を下して勝ちあがってきた岐阜だった。接戦が予想された。だが、香川は先鋒戦で先手を奪われたものの、六将から三将まで四連勝し、副将、大将をのこして決着をつけた。

風は香川の背後から吹いている。

4

いよいよ決勝戦を迎える。神奈川のオーダーに変更なし、香川はきょう不調の貞広隆文をここにきて断念し、先鋒に橋本康彦を起用した。オーダー六将伊豆野寛、五将福崎基夫、四将松本政司、いま、試合が開始された。

三将真鍋秀樹、副将三浦順一、そして大将伊丹洋となっている。

先鋒戦、香川は橋本の起用がまんまと的中したか、神奈川の日高は、この橋本から小手、面を奪われて、敗れた。六将戦、神奈川の高橋と香川の伊豆野、ともに身長百八十五センチをこえる大型選手の対戦は、高橋の面と伊豆野の小手の応酬となったが、結局、高橋が面に跳びこんで一本勝ちした。これで一―一。

五将戦、有馬と福崎の対戦となった。香川の福崎はきょう負け知らず。身長百八十センチ、身長で十センチは上まわる有馬がくりかえして面に跳びこむが、さきだつ福崎の攻めがきついために的確さを欠き、延長戦になった。早々のつば競り合い、有馬の緊張が一瞬緩んだか、すかさず福崎が打った引き面がきまった。一―二、神奈川が後れた。

四将戦。宮崎と松本の対戦となった。香川の松本は、この日好調を維持して、相手に一本も与えることなく全勝している。神奈川の得点をかせぎだしてはいるが、きょうはなぜかやや生彩を欠く宮崎にとって、松本はむずかしい相手となるだろう。

ううむ。宮崎正裕、大事なところで本領を発揮した。試合はなかなか決着しなかった。あるいはこのまま延長か、いや、宮崎がいさぎよく面に跳びこんで、これをきめた。神奈川、追いついて二―二。宮崎のこの一勝は、神奈川に流れを呼びこむことになるのか。

昭和61年度全国警察剣道大会にて二部優勝をとげた神奈川県警

神奈川三将伊藤は、香川三将真鍋に小手の一本勝ち。さあ、三—二になった。

神奈川、あと一つ。

副将戦、笠村と三浦のたたかいは試合中ごろ、つば競り合いからわかれた三浦が上段に構えなおそうとしたところ、笠村がつつうと床をすべって、すばやく三浦の小手を切り落とした。

正座して戦局を見つめていた監督根岸陸夫が、歓喜のあまりそのままの姿勢で二十センチほども空中に浮揚したが、その奇蹟に気がついた者はいなかった。神奈川は大将三宅の出馬を待たずして、昭和六十一年度全国警察剣道大会優勝(第二部)をきめた。

この大会における宮崎正裕の成績と内容に、いったいどのような評価が下されるのだろう。評価は第七回世界剣道選手権大会の選手選考に影響する。

昭和六十一年十一月二十八日から三十日までの三日間、この年度の第三回特別講習会が京都市の武道センターで開かれた。京都は、周辺の山々からいっさんにかけおりてきて、このまちを染めあげた紅葉の風景は終わり、比叡山からひそかに陽が翳ってきて、音もなくしぐれがこのまちを濡らす季節を迎えていた。

岡崎の地、かつての大日本武徳会本部武徳殿に隣接し、もと武道専門学校校舎跡に建つ京都市武道センターに、二十名の講習生が全国各地から集合した。

前回の特別講習会から十名の候補選手が去り、あらたに三名の候補選手が加わった。あらたに加わった三名のなかには、さきの全日本剣道選手権大会の決勝戦、優勝を争った大阪府警の岩堀透と熊本県警の亀井徹がいる。

この二十名がいわば第二次候補選手だった。そのメンバーを選ぶについては、厳正な評価がなされたと見ていい。宮崎正裕はいるのか。いる。講習生名簿の十九番目にかれの氏名がある。えっ、十九番目。宮崎正裕は危険なサーカスのように、やっとブランコにぶらさがっているのか。いや、安心していい。名簿は評価の順位にしたがって作成されたものではなく、五十音順にしたがって作成されたものだ。

だから、いま、全員の氏名がわかる。列挙することはかんたんだが、来年中にはこの中から八名が削減されることになろう。いまはまだだれかわからない八名のひとたちの名誉を思えば、軽率に全員の氏名を公表するわけにいかないじゃないか。

サバイバルレースは、つぎの局面を迎えていた。

罰ゲームの幸福

1

昭和六十二年度第一回（通算第四回）特別講習会は、四月十日から十三日まで、埼玉県立スポーツ研修センターでおこなわれ、二十名の講習生が全国各地から集合した。二十名の講習生は、第一次候補選手二十七名から十名をふるい落とし、あらたに三名を加えた第二次候補選手で、前回、京都市武道センターに集合した顔ぶれと同じだった。

講習会の内容は、試合中心、になった。二十名による総当たり試合がおこなわれ、その結果は記録されて、世界剣道選手権大会に派遣する最終選手選考の重要な参考資料となる。二十名の講習生のうち、のこるのは十二名、八名はやがて削減される。

勝敗に拘泥せざるをえない。

かれらは巨大なガラスの檻の中で、つねに冷酷な評価の視線にさらされ、観衆のいないリーグ戦をたたかわなければならなかった。

季節はのどかなうららの春だった。満開の桜が地にあふれ天に満ちていたが、特別講習会は不安と緊張に支配され、かれらの神経はそのためにかじかんでいた。

四日間の日程が終わったとき、講習生の眼窩はくぼみ、頬は削げ落ちていた。それは身体的疲労よりもはなはだしい精神的消耗のせいだった。

昭和六十二年度全国警察剣道選手権大会は、五月二十九日、日本武道館で開催された。全国から選抜された出場選手は例年どおり六十四名、まず、一パート四名ずつの十六パートにわかれて予選リーグをたたかった。

宮崎正裕は釜田彰（島根）、大城戸功（愛媛）、荒木幸一（熊本）と同じパートとなった。大城戸、荒木は特別講習会のメンバーだった。講習会ではおたがいに勝ったり負けたりしていたが、この大会ではどうしても負けられない。

（対戦成績はたちまち最終選考のさいの評価につながるだろう）

と、正裕は思った。

大城戸にも荒木にも、それは共通認識のはずだった。

予選リーグが終わった段階で、昨年度の二位上野光弘（埼玉）、三位西川清紀（警視庁）、同じく三位近藤亘（徳島）、さらに昨年度全日本剣道選手権大会二位亀井徹（熊本）らの強豪が去った。

まことに剣道の試合には絶対がない。

宮崎正裕は、さいわい全勝して予選リーグを抜けだし、決勝トーナメント一回戦、伊藤忠善（秋田）に小手で勝った。

試合は二回戦（準々決勝戦）、宮崎正裕は寺地賢二郎（警視庁）と対戦した。積極果敢な攻撃を試みる寺地にたいし、宮崎は堅牢に防御を固めつつ機を見て急襲するが、両者ともに有効打が不発のまま延長戦にもつれこんだ。

そして、延長二回、中間から宮崎が一歩後退するところ、寺地が面に乗って試合は決着した。

正裕はこの大会、ベスト8にとどまった。

準決勝戦——

寺地種寿（警視庁）と寺地賢二郎、藤元巌（京都）と山崎尚（愛知）の対戦となった。

寺地種寿は準々決勝戦で、前年度優勝の石田利也（大阪）を下している。この試合ははげしい気迫の衝突となったが、中盤、寺地種寿は石田の出ばなをとらえて面、さらに石田が面を打ってふりかえろうとしたところ、追いかけて小手、連取して石田の連覇を阻んだ。両者は昨年のこの大会、予選リーグで対戦し、このときは引き分けに終わっている。二年越しの勝負となった。

準決勝戦、寺地種寿と寺地賢二郎の兄弟対決は、兄の種寿が弟の賢二郎からつづけて面を奪い、藤元巌と山崎尚の対戦は、延長一回、藤元が小手にいくところ、これを抜いて山崎が面にきめた。

決勝戦——

寺地種寿と山崎尚の試合は、開始そうそう、寺地がいきなり面に跳んだがきまらず。だが、主導権をにぎった。山崎は果敢な攻撃を見せるが効なく、中盤、寺地は上から山崎の竹刀に沿って攻めこみ、山崎が動じた瞬間、面に跳びこんだ。きまった。優位に立った寺地は、またしても大きく面に跳びこみ、これで優勝がきまった。はじめての優勝だった。

寺地種寿は特別講習会のメンバーだった。


このところ、宮崎正裕が憂わし気な表情をふっとこしらえることが多くなった。警察武道館のはげしい練習は日にちつづいているが、午後の休憩時間、どこか遠くを見て、じっとなにかを思いつめているふうがある。

恋愛の挫折か。そんなはずはない。浜田育代との親密な交際はつづいていた。稽古のくふうか。それならば日常のことだった。両親の健康か。父も母も元気だった。息子たちの試合には、かれらの少年時代と同じようにかならず応援にあらわれた。

宮崎正裕の憂わし気な表情は、いったいなにが原因なのか。

それは、飛行機、だった。

飛行機に乗らなければならぬ事情が、かれに発生していた。だが、かれは飛行機が好きじゃあなかった。そもそも正裕は、じぶんが高所恐怖症だと思っている。ビルの三階の窓から、のぞきだして下を見ることができなかった。率直に告白すると、

（ぼくは高校生のときから、ほんとうはずうっと飛行機が怖かったんだ。怖いのをこらえてしかたなく乗っていたんだ）

訪韓特別講習会は、六月十七日の出発だった。

2

特別講習会に参加している候補選手の多くは、海外経験がない。国際大会は、当然のことながら、国内大会以上のプレッシャーがかかるだろう。

昭和六十三年五月、韓国ソウル市で開催される第七回世界剣道選手権大会にそなえてあらかじめ韓国を訪れ、その地理、風土、人情などに接すること、稽古や試合を通じて韓国剣道にふれること、あわせて友好親善を深めることがのぞまれた。

訪韓特別講習会が計画されたのは、そのためだった。団長市川彦太郎、橋本明雄、岡憲次郎、佐藤博信、大久保和政ら指導陣のほか、全日本剣道連盟の関係役員が同行するソウル、慶州、釜山四泊五日の日程が組まれ、六月十七日、講習生二十名は成田空港、大阪空港、福岡空港から三グルー

プにわかれて出発し、金浦空港に現地集合することになっていた。

宮崎正裕は指導陣、関係役員とともに、成田空港から大韓航空に搭乗した。まずいことに、席は窓際だった。シートベルトをかけると、心臓が締めあげられたように苦しかった。

エンジンが始動して、飛行機がゆっくりと滑走路に向かっていく。正裕は背骨をとりまく筋肉が硬直するのを感じた。もう、身じろぎできなかった。

通路を往復していたスチュアデスが立ちどまると、少しからだを傾けて正裕にほほえみかけ、

「ご気分がわるいのですか」

と、うつくしい日本語でいった。

「なんでもありませんよ」

と、正裕はこたえた。

スチュアデスは、軽くうなずいて去った。

(さすがはプロフェッショナルだ。見ぬかれてしまった)

震動がはげしくなって、飛行機が離陸の態勢にはいった。見てはいけない。だが、見ないではいられなかった。窓に視線をやると、風景が斜めになって後方へ流れている。離陸したのだ。

かれが飛行機を怖れるのは、離陸のときと着陸のときだった。いまや、恐怖は頂点に達していた。

正裕は硬直したからだを座席の背なかにおしつけた。もしも、シートベルトで固定されていなかっ

たら、かれはそのまますずるずると下にすべり落ちていただろう。

やがて、シートベルト着用のサインが消え、飛行機が水平飛行に移ると、かれの緊張はようやく緩んだ。

(もし、ぼくの飛行機嫌いが関係者に知れわたったら、それなら今後あいつは海外遠征からはずそう、ということになってしまうのではないだろうか。そんな事態にならないとはかぎらない)

さいわい、天候は快晴だった。

成田空港から金浦空港まで約二時間十五分、快適な空の旅が約束されているはずだった。だが、かれにはいぜんとして不安がつきまとった。

乗務連絡のためのチャイムが鳴って、スチュアデスが最寄りの電話をとりあげると、正裕のたましいはすくんだ。

(なにかがおきたのだ。いったいなにがおきたというのだろう)

かれは機内のひとびとがスチュアデスの電話にとくべつの関心をしめさないのがふしぎでならない。あっ、またシートベルト着用のサインがでた。やっぱり空路の行く手に、なにか不吉なことが待ちかまえているのかもしれない。乗客の無関心は想像力の欠如がもたらすものだと思うと、妙に腹だたしかった。

やがて大韓航空は金浦空港に向かって着陸の態勢にはいった。シートベルトをかけると、また心臓が締めあげられたように苦しかった。飛行機がぐんぐんと高度を下げていくのが感覚でわかった。見てはいけない。だが、見ないではいられなかった。窓に視線をやると、風景が斜めになって、後方に流れている。あっ、滑走路が近づいた。飛行機は角度を下げすぎているのじゃあないか。そのとき、尾てい骨からずしんと震動がつたわってきて、車輪が着地したことを知った。

よかった。正裕は心の中でバンザイをさけんだ。

（わたしは生きている）

からだじゅうから、いちどきに汗が噴きだしてきた。

ソウルでは世界剣道選手権大会の会場にあてられる予定の施設や韓国の出席者四十名ほどの練習を見学したあと、日本の候補選手も参加して、二時間程度の合同稽古をおこなった。韓国の礼法は日本の礼法と微妙にちがったが、日本の候補選手は見よう見まねで、韓国のそれにしたがった。

未知の相手、だが、つぎの機会には試合で遭遇することになるかもしれない相手との稽古には、リトマス試験紙で溶液の酸性・アルカリ性を知る観察と注意が必要だった。

宮崎正裕は思慮深く、じぶんの技をくりだしてその効果を確認した。こうした情報の蓄積は、韓国選手の能力や個性を知るうえで有効な手がかりとなろう。

慶州でも合同稽古をおこなった。そのあとで稽古参加者全員による大歓迎会になった。料理はことごとくからかったが、ことごとくうまかった。赤唐辛子のカプサイシンと甲種の焼酎で、脳天が麻痺するほどの快楽を得ることになった。きたるべき大会でも、食事面の心配はまったく必要ないものと思われた。

釜山では合同稽古のあと、突然、日本と韓国からそれぞれ十名の選手が出場し、練習試合をおこなうことになった。日本は年齢のわかい順に十名を選ぶことにしたが、そうであれば当然、宮崎正裕もふくまれる。

韓国遠征は特別講習会の一環として実施された。国内でおこなわれてきたこれまでの特別講習会とちがい、かれらは明朗快活で、よく食いよく語った。だが、やっぱり特別講習会だった。練習試合の結果は、韓国選手が相手だけになおさら、最終選考のさいの評価に影響することになるだろう。

（ここは絶対負けられない。もしも負けたらどうなるか）

だれもがそうだったにちがいないが、正裕はひどく緊張した。ただ、勝つだけでは意味がない。こちらの手のうちを隠し、相手の手のうちをひきだし、しかも勝たなければならなかった。

結果は日本の圧勝だった。もっとも、韓国は一流選手を秘匿して、つぎに位置する選手を起用していたことがのちにわかった。

訪韓特別講習会の日程は終わった。宮崎正裕は、日本テレビの大番組アメリカ横断ウルトラクイズの敗者にでもなったような気分だった。

（わたしは日本に送還されて、ふたたびこの地を踏むことはないだろう）

かれにとっては飛行機に乗ることが罰ゲームだった。

特別講習会のメンバーのほとんどは、なんらかのタイトル保持者だった。タイトルを獲得したことのないじぶんが最終選考を通過するとはとうてい思われなかった。

てのひらにすくった砂のように、指のあいだから少しずつ自信がこぼれていった。

3

十一月三日、日本武道館で開催された本年度の全日本剣道選手権大会で準決勝戦に進出したベスト4は、大城戸功（愛媛）、東一良（愛知）、西川清紀（東京）、加治屋速人（埼玉）だった。西川、加治屋、大城戸は訪韓特別講習会のメンバーだった。メンバーからはほかにも亀井徹（熊本）、林朗（北海道）、岩堀透（大阪）が出場していた。

西川清紀と加治屋速人の試合は、下がる西川に追いすがって加治屋が面に出るところ、西川は下がりつつ小手、さらに両者つば競り合いから離れて構えなおそうとする場面で西川がいっきに攻めて面。

大城戸功と東一良の試合は、延長一回、つば競り合いから離れた直後、上段の東がすっと踏みこみ、間合を切った大城戸が構えなおして一呼吸するところ、東がすかさず小手にいった。

決勝戦は西川清紀と東一良の対戦となった。勝負がついたのは延長三回、上段の東が面にふりおろすところ、一瞬早く西川が胸突きにいき、これがきまった。この大会九回目出場の西川清紀は、これまで二位一回三位二回、ついに優勝をとげた。

宮崎正裕は会場の一隅から大会を観戦した。五段のかれには出場の資格が与えられていない。

全国警察剣道大会が同じく日本武道館で開催されたのは十一月十日、昨年度二部優勝の神奈川は、熊本、大阪、愛媛とともにリーグ戦をたたかうことになった。

まず、一昨年度一部優勝の熊本と対戦した神奈川は、先鋒、次鋒と連勝して主導権をにぎり、三将までで四勝をあげて、熊本を下した。宮崎正裕は先鋒で出場している。

ついで、昨年度一部二位の大阪との対戦は、先鋒宮崎が大阪の石田利也に面の一本勝ちして神奈川有利に展開すると思われたが、大阪は次鋒、五将が連勝して逆転した。神奈川は四将田中陽介がいったんふりだしにもどしたが、三将、副将がつづけて敗れ、大阪に屈した。

神奈川と愛媛の対戦は、神奈川が勝った。

これで神奈川二勝一敗、愛媛三敗。のこる熊本と大阪の試合で、リーグ戦の順位がきまる。ここまで二勝の大阪と一勝一敗の熊本は五分に試合を展開し、勝敗の行方を大将戦にもちこんだ。大阪岩堀透と熊本亀井徹の大将決戦は、亀井が勝った。

この結果、大阪、熊本、神奈川が二勝一敗でならんだが、総勝者数で大阪が上回り、決勝に進出した。

警視庁、香川、愛知、京都の四チームによるリーグ戦は、昨年度一部優勝の警視庁が三戦全勝で、決勝に進出した。警視庁は本年度全国警察剣道選手権大会優勝の寺地種寿、同じく全日本剣道選手権大会優勝の西川清紀を擁している。

警視庁と大阪のあいだで争われた決勝戦は、警視庁の副将白川雅博が四勝目をあげたところで試合がきまり、大将戦を待たずして警視庁の一部優勝が確定した。この大会いちばんの好カード、西川清紀と岩堀透の大将戦は、試合がきまったあとでおこなわれたが、意地を見せた岩堀が面の一本勝ちで西川をたおした。岩堀透は昨年度の全日本剣道選手権大会で優勝している。


それから何日かたっている。

昼食どき、宮崎正裕は弟の史裕と弁当のおかずをくらべっこしていた。母が兄弟のためにこしらえてくれたお弁当だから、おかずに差別のありようもないのだが、

「おかしいじゃないか。フミのエビフライはしっぽが弁当箱からはみだしている。すごく大きいぞ」

「そんなことないよ、同じくらいだよ、兄ちゃんのと」

「フミ、おかあさんに肩たたきしてあげたな」

兄は弟とふざけて遊びたいのだ。二人はなかよしだった。警察武道館の休憩室では、特練のだれ

もが見慣れている風景だった。

そのとき、監督の篠塚増穂がすがたをあらわした。篠塚はことし二月から根岸陸夫のあとを継いで監督をつとめている。

「宮崎、きまった。いま、連絡があったよ。世界選手権の選手に内定したそうだ」

と、篠塚が告げたとき、正裕を襲ったのは重たい疲労だった。

「ありがとうございます」

「よかったな。おめでとう。だが、たいへんなのはこれからだ」

まったく篠塚増穂のいうとおりだった。ほんとうの出発は、いま、だった。それなのに、正裕は息絶えだえにゴールにたどり着いた長距離ランナーのように、ぐったりとしていた。

（ぼろぼろだな）

と、思った。

むしょうに恋びとの声が聴きたかった。そうすれば、心の中に歓喜の歌がわきあがってくるだろう。

第七回世界剣道選手権大会第一回強化合宿は、十一月二十六日から二十八日までの三日間、警視庁武道館でおこなわれた。特別講習会という名称は韓国遠征のあと廃され、いまは強化合宿とうたっている。人員は二十名から八名が削減され、十二名になった。

内定とはいえ、これはもう確定といっていい。石田利也、石塚美文、岩堀透、遠藤正明、大城戸功、加治屋速人、亀井徹、坂田秀晴、寺地種寿、西川清紀、林朗、宮崎正裕。坂田の教員、林の団体職員をのぞけば、ほかはみんな警察官だった。

警察、実業団、教員……とバランスを配慮したこれまでのチーム構成とは模様がちがう。特別講習会のきびしい評価と公式大会の成績とをあわせて、実力本位の選考がなされた結果だろう。宮崎正裕の二十四歳はメンバーの最年少だった。

4

警視庁武道館に設定された強化合宿は、警視庁剣道特練の練習スケジュールとメニューを遵守し、午前七時に開始される朝稽古から参加して、共同でおこなわれた。かねて警視庁のつよさの秘密は、この朝稽古にあるといわれている。

警視庁には全国でも一流の強豪がひしめいていた。世界剣道選手権大会の代表選手であろうとなかろうと、警視庁の面目にかけて容赦するものではない。強化チームと警視庁チームの練習試合は、当然のなりゆきとして、熾烈なたたかいになった。双方に、ゆずれない意地があった。

強化合宿の雰囲気はあかるくのびやかだった。かれらは苛酷なサバイバルレースからいま解放され、胸郭いっぱいに風を満たしていた。サバイバルレースのあいだじゅうかれらを苦しめてきた孤独感のかわりに、目標を一つにするチームの連帯感が生まれてこようとしてきた。

（突然ですが）昭和六十二年十二月十一日、宮崎正裕と浜田育代が結婚した。洗足学園音楽部声楽科を昨年三月卒業した浜田育代は、音楽関連の職業にたずさわっている。じつをいえば、二人は一年前に結婚する予定だった。

だが、結婚式場の予約に出向く途中、剣道具店にたちよった正裕は、店内に陳列された見事な胴に心を奪われ、ついふらふらと購入をきめた。胴は高価だった。たくわえてきた結婚資金がそのために消えた。かれは結婚を一年延期することにして、また、貯金をはじめた。あ、かわいそうな恋びと。そして、いまやっと――

式場にあてられたロイヤルホール ヨコハマでは、神奈川県警察の剣道

結婚披露宴にてキャンドルに火をともす宮崎正裕・育代夫妻（昭和62年12月11日、ロイヤルホールヨコハマにて）

師範、あの小河浄久が神妙に媒酌人をつとめた。宮崎正裕と小河浄久の最初の出会いは、京浜急行黄金町駅からすぐ、神奈川八光堂だった。

東海大相模高校剣道部宮崎正裕が竹刀を選んで手のうちの感触をたしかめていると、突如あらわれたなぞの人物が、その握りかたはおかしいといってはげしく叱責し、ついには正裕が汗で濡れるまで素振りを命じた。突如あらわれたなぞの人物がきょうの媒酌人小河浄久だった。宮崎正裕を神奈川県警察に勧誘したのもかれだった。

新郎新婦のハネムーンはハワイ一週間の旅。飛行機、怖いゾー。結婚資金を胴につぎこんでしまった正裕には、当然の罰ゲームだった。飛行機は往きも怖いが帰りも怖い。

夫婦は官舎に住んだ。

昭和六十三年度全国警察剣道選手権大会は、五月十八日、日本武道館で開催された。韓国ソウル市88体育館で開催される第七回世界剣道選手権大会をわずか十日後にひかえている。

世界剣道選手権大会に出場する日本代表選手十二名のうち十名が警察官、このうち六名がこんかいの全国警察剣道選手権大会に出場していた。宮崎正裕もその一人だった。代表選手は、昨年十一月、警視庁武道館でおこなった第一回強化合宿のあと、ことし三月七日から十二日まで埼玉県警察機動隊で第二回強化合宿を、四月四日から六日まで大阪府警察本部関目別館剣道場で第三回強化合宿を、それぞれおこなってきた。

全国警察剣道選手権大会でも、だから、かれら六名の活躍は期待されたし、かれらもその期待に応えてあたりまえだった。

(好成績をあげてソウルへのジャンプ台にしたい)

と、正裕は思った。

かれが全国警察剣道選手権大会で決勝戦に進出し、警視庁の遠藤正明に敗れて優勝こそ逸したものの、準優勝という成績をおさめたのは、初出場の昭和六十年度大会だった。その後、最高でベスト8にとどまっている。毎年のことだが、この大会に期すところはおおきかった。

大会を数日後にひかえ、妻の育代がかれに訴えた。

「応援にいきたい。わたしはいつも稽古着をお洗濯するばかりで、あなたの試合どころか稽古着すがたさえ見たことがない」

「くるな」

「どうして? おとうさんとおかあさんはこんども応援にいかれるんでしょ」

「もし、ぼくが全日本選手権に出場するときがきたら、応援にきてくれ。それまでは、どんな試合も見せない」

と、正裕は拒絶した。

こんかいの全国警察剣道選手権大会についていえば、かれの拒絶は正解だったかもしれない。この大会は、出場選手六十四名が十六組にわかれ、一組四人で予選リーグを争ったあと、十六名の選手で決勝トーナメントをたたかう。

結果をいえば――

宮崎正裕は山本雅彦（大阪）、親川光俊（沖縄）、菊地剛（愛媛）と同じグループでリーグ戦を争って一勝二敗、二勝一敗で本数も同じだった親川と山本が抽選をひき、親川が決勝トーナメントに進出した。

この大会、決勝戦を西川清紀（警視庁）と楢木秀明（福岡）がたたかい、西川が三回目の優勝を獲得した。そのほかの世界剣道選手権代表選手は寺地種寿（警視庁）ベスト4、石田利也（大阪）決勝トーナメント進出、加治屋速人（埼玉）ベスト8、亀井徹（熊本）と宮崎正裕が予選リーグで敗退した。

宮崎正裕はつらい感情を味わった。

ソウル88

1

世界剣道選手権大会に出発する日をまぢかにひかえ、神奈川県警察による宮崎正裕の壮行会が横浜中華街の寿宴で開かれた。神奈川県警察が世界剣道選手権大会に代表選手をおくりだすのはこんかいが最初だったから、壮行会はおのずから盛大なものになった。

当日、会場にあてられた寿宴には、県警本部の幹部、警察署の署長と剣道教師、機動隊隊長、剣道師範、剣道特別訓練員らが集まったほか、少年時代の恩師坂上節明、山田尚、阿部功や、両親や、妻育代らが招かれ、ひとびとは会場からあふれだしそうだった。

壮行の辞がつづき、宮崎正裕にともに革製の立派な防具袋と竹刀袋が贈られた。

世界剣道選手権大会の代表選手十二名は、出発にさきだち、昭和六十三年五月二十二日と二十三日の両日、南埼玉ラドンセンターで強化合宿をおこなうことになっていた。

正裕は壮行会で贈られた竹刀袋に、高校の先輩今井雅彦が餞別にくれた竹刀を納めた。この竹刀は、今井が正裕のために、神奈川八光堂でとくに選んで求めた雲龍だった。

「おい、これ世界大会に持ってけ」

と、今井は正裕にこの竹刀をわたした。がんばってこいとも、勝ってこいともいわなかったが、正裕の肩を一つ、ぽん、とたたいた。それが今井のやりかただった。正裕が東海大相模高校剣道部の新人だったころ、この先輩に肩を一つたたかれ、ふるいたって試合にのぞんだものだった。

南埼玉ラドンセンターに遠藤正明、石塚美文、岩堀透、加治屋速人、亀井徹、西川清紀、大城戸功、林朗、寺地種寿、石田利也、坂田秀晴、宮崎正裕……十二人の日本代表選手が集合した。

南埼玉ラドンセンターでおこなわれた強化合宿は、強化というよりも調整というべきもので、代表選手はそれぞれにそれぞれのしかたで、こころとからだをととのえた。汗をかいたあとに疲れがのこらなかった。汗をかくまえに疲れがたまった特別講習会とは、なにかがちがう。鬱屈した精神が解き放たれたせいだろう。

五月にはいって、宮崎正裕はハードなスケジュールを消化してきた。（書き忘れているが）五月三日、大阪市中央体育館でおこなわれた全日本都道府県対抗剣道優勝大会に、神奈川の中堅として出場したかれは、予選リーグで川井昭一（山形）に勝ち、稲富政博（佐賀）と引き分けたあと、決勝トーナメント一回戦近藤亘（徳島）、準々決勝戦浦和人（兵庫）、準決勝戦寺原周三郎（滋賀）にそれぞれ勝ち、決勝戦西川清紀（東京）と引き分けている。

大会は、結局、東京が十三年ぶりに優勝し、神奈川は惜しくも二位に終わったが、宮崎正裕は六戦して四勝二引き分けの好成績だった。それだけに期するところあってのぞんだ五月十八日の全国警察剣道選手権大会だったが、なんということだろう、予選リーグで敗退し、つらい感情を味わった。

だが、もういい。

宮崎正裕にはつらつとした感情がもどっている。


昭和六十三年五月二十四日、監督市川彦太郎、コーチ大久保和政に率いられた日本代表チーム選手団十二名は、随行する役員、審判員とともに成田空港を出発した。

飛行機が離着陸態勢にあるときの宮崎正裕の、恐怖と苦悩、についてはもう書かない。

世界剣道選手権大会の役員・選手団には、ソウルの中区奨忠洞2街山5―5にあるタワーホテルが宿舎にあてられていた。宿舎では、監督、コーチのメッセージが日本チームの主将遠藤正明から選手一同につたえられた。

「諸君を信頼している。各自、自覚して自己管理をおこない、大会にそなえよ」

こんかいの大会は油断できない。団体戦、個人戦とも勝利を絶対確実なものにするため、エース級の選手二名をダブルエントリーする意向らしい、といううわさが、南埼玉ラドンセンターにいるうちから、選手たちのあいだでささやかれた。団体戦五名、個人戦七名、二名のダブルエントリーは二名のあまりがでることを意味している。選手たちの関心はそこに集まっていたが、監督、コーチはあくまでも慎重に選考をすすめているらしい。

　五月二十四日、出場メンバーの発表なし。五月二十五日、いぜんとして出場メンバーの発表なし。選手のあいだに、やや焦燥の気配が見える。五月二十六日、開会は明後日にせまっていた。選手全員が一室に集められ、ようやく出場メンバーの発表がおこなわれた。

「団体戦のオーダーを発表する。先鋒石田利也……」

　と、監督市川彦太郎が読みあげたとき、宮崎正裕は、

（わたしははずれた）

　と、直感した。正裕はこれまでの全国警察剣道大会では、神奈川の先鋒としてはたらいてきた。それは監督、コーチのよく承知するところではないか。

「次鋒寺地種寿……」

　やっぱり、そう。正裕の直感は確信にかわった。思えば、特別講習会から強化合宿まで、かれの試合成績はとくにすぐれていたというものではなかった。しかも、最年少だった。

（ぼくは控えにまわるんだな。でも、一試合や二試合は出場する機会を監督とコーチがこしらえてくれるだろう。それでいいか）

「中堅宮崎正裕……」

正裕は口から飛びだしてきそうな心臓をあわててのみくだした。うれしかった。

「副将加治屋速人、大将遠藤正明……」

岩堀透と西川清紀が団体戦の控えにまわった。日本はかれら二名をひとまず温存して、気配をうかがうらしい。メンバーもオーダーも変更可能だった。

個人戦には石塚美文、岩堀透、西川清紀、大城戸功、亀井徹、林朗、坂田秀晴、七名が出場することになった。はたして岩堀透と西川清紀が団体戦、個人戦にダブルエントリーしている。日本はかれらに全幅の信頼をよせて優勝を絶対確実なものにしたい。

2

第七回世界剣道選手権大会は、二十二か国（二十三団体）が参加し、昭和六十三年五月二十八日と二十九日、韓国ソウルの88体育館でおこなわれた。韓国では三か月後にオリンピックが開催される。世界剣道選手権大会は、その先陣を切るかたちになった。

二十八日、開会式と団体戦。

午前九時（サマータイム）、定刻に開会式がはじまった。選手入場にさきだち、民族衣裳をまとった男女十人によって、韓国の創作舞踊が会場いっぱいにくりひろげられた。

選手の入場行進になった。はやくも、会場の熱気はたかい。たからかな行進曲とともに各国選手団が国旗を先頭に監督、コーチ、選手とつづいて入場してくる。日本選手団は、遠藤正明が国旗を捧げ持ち、監督市川彦太郎、コーチ大久保和政のあとに選手役員がしたがった。

そして最後、片手にかるがると国旗を掲げた選手につづいて韓国選手団が入場してくると、会場を埋めつくした観客のあいだからはげしい喚声がいっせいにおき、その喚声は入場行進曲をかき消す大音響となって、88体育館をゆるがした。韓国選手はだれもが格闘家のようなたくましい筋骨を持ち、それぞれが自信にあふれる表情をしていた。

観衆の喚声はやまなかった。この大会にかけた開催地韓国の情熱がいま会場に大きなうねりとなっておしよせ、宮崎正裕はその情熱のうねりにのみこまれてしまったじぶんを感じた。

かれは動揺した。こんな動揺ははじめての経験だった。

いよいよ、団体戦がはじまった。出場二十一チームを七ブロックに分けてリーグ戦をおこなったあと、各ブロック上位二チームがトーナメント戦に進出し、優勝をめざしてたたかう。宮崎正裕は、団体戦七名のチームメイトをぐるりと見わたして、いまさらのように、すごいメンバーだ、と思った。

（だいじょうぶ。じぶんが負けてもチームは勝つ）

すると、リラックスした。

日本は西ドイツ、メキシコとともに、Aブロックで予選リーグをおこない、ともに五—〇で完勝した。

予選リーグが終わったあとで、監督市川彦太郎が、決勝トーナメントではメンバーを変更する、と告げた。宮崎正裕は観念した。

(ぼくの出場もここまでか)

監督は加治屋、遠藤を下げ、副将に西川、大将に岩堀を起用した。

(えっ、のこった。よかった)

予選リーグ二試合、韓国の勝ちっぷりはめざましかった。二試合に全選手を投入し、しかもポジションをかえてたたかわせている。その意図はどこにあるのか。ひっきょう、決勝戦は日本と韓国の対決になることは、あきらかだった。

決勝トーナメント一回戦、日本はシードされて不戦。韓国はイギリスとたたかい、五—〇で圧倒した。二回戦(準々決勝戦)、日本はアメリカとたたかい三—〇。アメリカは五名の選手のうち四名が日系三世で、予選リーグでは韓国に善戦している。先鋒石田は、小柄で俊敏なタナカを追ってそうそうに面、つづいて小手を取ったが、次鋒戦は引き分けた。

アメリカの意気はあがっている。中堅戦は宮崎とグリバスの試合となった。グリバスは韓国との一戦では小手を取って、一本勝ちした巧者だが、宮崎は早い攻めから面を連取して、アメリカの意気を消沈させた。試合に決着をつけたのは西川、面を二本連取してアメリカを下した。

韓国はまたオーダーを変更してハワイと対戦し、そのスピード・パワー剣道で一方的に勝った。全得点九本がすべて面、ハワイに一本も与えていない。

準決勝戦に進出したのは、戦前に予想されたとおり、日本、カナダ、韓国、ブラジルの四チームだった。

準決勝戦の開始にさきだち、大会の審判長をつとめる中倉清の居合演武があった。

準決勝戦、日本対カナダ、韓国対ブラジルの試合は、二つのコートで同時におこなわれた。日本対カナダ、先鋒戦はおたがいがしかけてつば競り合いになり、カナダのオオナミが打った引き小手に石田が応じて面、この間わずかに十五秒だった。ついでまたもつば競り合いから石田の引き面、これを追ったオオナミと衝突し、オオナミは横転してコート下に転落した。試合は再開されたが、オオナミはまたも転倒、さきの転落で右ひざを痛めたらしく、棄権した。

次鋒戦、立ちあがるや、寺地いきなり諸手突きにいく。キムラ猛烈にしかけ、体当たりと突きで寺地を場外へだした。あらたまってキムラ構えなおしたのち、キムラの剣先がやや低くなったところ、寺地が剣先を抑えて跳びこみ面をきめ、さらにまたしても跳びこみ面を追加した。つづく中堅戦も宮崎がアリガから跳びこみ小手を奪って一本勝ち、これで決勝戦進出をきめた。

韓国対ブラジル、韓国、ブラジルともにオーダーを変更してこの試合にのぞんだ。これまでの試合で、韓国は対戦チームごとにオーダーを組みかえている。対戦チームの研究を徹底しておこなってきたのか、それとも日本をつよく意識した攪乱戦術か、そこのところはわからない。韓国が四―〇で完勝した。

3

ついに決勝戦――

日本と韓国の対決となった。韓国の圧倒的なたたかいぶりに、会場の雰囲気はほとんど沸騰している。韓国マスコミが、韓国有利、と報じたこともあって、観客の熱狂は経過を追うごとに昂揚した。さあ、試合開始――

韓国はまたしてもオーダーをいっきょに組みかえて、この試合にのぞんでいる。この日、韓国の順列組みかえは、乱数表のようにだれの予想をも許さない。準決勝戦と同じポジションにいるのは、次鋒のY・C・パクだけだった。かねて韓国選手の中でいちばんの実力者と日本がマークしてきたK・N・キムが、この試合では大将に坐った。

日本のオーダーは、かわらない。

先鋒戦、石田利也とJ・K・キム、つば競り合いから両者いったん離れたあと、J・K・キムが緩慢な動作で体勢を立てなおそうとするところ、これを見逃がさず、石田が上段から真っ向に打ち、J・K・キムがあわてて竹刀で防いだ。旗があがった。この判定に観客のあいだから、不満をあらわすブーイングがおきた。石田が一本勝ちした。

次鋒戦、寺地種寿とY・C・パク、引き分けた。ブーイングはさらにたかまった。

中堅戦、宮崎正裕とK・S・シン、めまぐるしい攻防がつづいたあと、両者わかれて一呼吸、シンが鋭い気合とともに小手に跳びこむところ、宮崎がこれをすり上げて面を打った。きまった。二本目もシンのはげしい連打がつづく。近間でのもつれるような応酬、両者わずかに離れてシンが面に打ちおろそうと振りあげた瞬間、宮崎が小手を打った。

これで日本は王手をかけた。

あと、一つ——

副将戦、西川清紀とH・K・チャン、上段のチャンは予選リーグ出場のあと決勝トーナメント二試合を休み、ブラジルとの準決勝戦になるや、突然、大将として出場してきた。

立ちわかれるや、チャンは大きく退いて上段、西川すかさず小手、突きと交互に攻めて、チャンの上段がくずれたところで面にいった。チャンはかろうじてこれを受けたが、動揺が見えた。つば競り合いからチャンが引き面を打つがあたらず。

両者の間合がつまり、西川、剣先を上下にゆらしつつ攻めこんで見事な胸突きを放つが、なぜか審判はとらない。つば競り合いから西川が引き面を打って離れ、これをチャンが追ってでたところ、西川がすかさず胸板を突いた。旗があがった。

つば競り合いから遠くわかれてチャンが上段に構えるところ、これを追うようにしてはいった西川の突き、振りおろしたチャンの片手面、どっちだ、突きだ。このとき、日本の優勝が確定した。チャン、審判の旗を不服に見あげて立ったまま、開始線にもどらない。

観客が総立ち、会場は騒然となった。これまでのところ、韓国にいちども旗があがっていない。異様な雰囲気の中で大将戦がはじまった。

第七回世界剣道選手権大会、団体戦は日本が優勝した。表彰式では君が代とともに日の丸が掲げられ、つづいて二位韓国、三位ブラジル・カナダの国旗が揚げられた。会場の喧騒がまだおさまらない中で、選手たちは記念撮影におさまった。

宮崎正裕は、いいしれぬよろこびを感じた。

(日本が優勝した。よかった。ぼくは責任をはたした)

特別講習会という名目のもとに、韓国に勝つ、という命題を与えられてから二年がたっている。このあいだじゅうつづいた精神的な重圧から、いま、脱出したのだった。

だが、まだ個人戦がひかえている。タワーホテルにもどってひらいた祝宴も、ささやかに乾杯、というひっそりしたものだった。あすの試合をそなえている選手たちの緊張をおもんばかって、グラスをあわせる音も小さかった。チームリーダーの遠藤正明が、石田、寺地、宮崎に、

「よくはたらいてくれた」

といい、かれらの労をねぎらった。正裕はそのひとことでじゅうぶんうれしかった。

(認めてもらった)

祝宴はそそくさと閉じられた。

五月二十九日、個人戦——

個人戦は百五十二名の選手が、まず三名一組の予選リーグをおこない、その勝者一人が決勝トーナメントにすすんでたたかう。試合開始にさきだち、太鼓をたたきながらダイナミックに踊る韓国の民族舞踊サームルノォーリーが披露された。会場にはきのうの熱気がひきつづきたちこめている。

日本からは石塚美文、岩堀透、西川清紀という全日本剣道選手権者のほか、亀井徹、大城戸功、林朗、坂田秀晴、あわせて七名が出場した。大会の後半は上位に進出したこれらの選手たちが優勝をめざして好試合をくりひろげることになるだろう。日本の期待もそこにある。

だが、予選リーグで思いがけないことがおきた。亀井徹、西川清紀がともに韓国選手のために決勝トーナメント進出を阻止されてしまった。一瞬の技を争う剣道には、まことに絶対がない。

決勝トーナメントにはいったとき、韓国は七名中六名がのこり、日本は七名中二名の選手を欠い

ていた。一回戦、二回戦は難なくすぎたが、三回戦で波乱がおきた。岩堀透とK・N・キム（韓国）の一戦はきのうおこなわれた団体戦決勝の大将戦と同じ対決となった。きのう、岩堀はK・N・キムに二本奪われている。きょうは一本一本からの勝負になったが、岩堀が小手に跳びこむところ、キムはこれにあわせて小手から面、そして面をきめた。

準々決勝戦に進出したのは、K・N・キム（韓国）とJ・H・リー（韓国）、石塚（日本）と林（日本）、J・K・キム（韓国）と大城戸（日本）、R・キシカワ（ブラジル）と坂田（日本）。このうち、ベスト4にのこったのは、K・N・キムと林、大城戸と坂田の四名だった。K・N・キムは前回大会につづいてのベスト4入りとなった。

準決勝戦の第一試合、林朗とK・N・キムの対戦となった。K・N・キムはまぎれもない韓国のエース。林は昨年の全日本剣道選手権大会に初出場でベスト16にはいった北海道剣連職員だが、PL学園高校ではインターハイ団体優勝、法政大学では全日本学生選手権二位二回、関東学生選手権優勝、同三位などの実績を持ち、卒業後は国体、都道府県大会などで活躍している。

林、キムともにすぐれた体格を誇っている。試合はからだとからだが衝突するようなちからからづよい打突で展開していった。途中、林は竹刀が破損して交換した。それから近間での応酬となった。つば競り合いから林が引き技を放って下がるところ、すばやく間合をつめたキムが面、いや、これより早く林がキムの小手を打った。

審判の旗二本、観客のあいだから不服をとなえるブーイングがまきおこった。

そして、問題はこのあとに発生した。

二本目はキムの跳びこみ面、林の出小手がくりかえし応酬され、終盤、焦ったか、キムがいきなり面にいき林が体をさばいて胴を打つ。キム向きなおると、深くはいって面に打ちこむところ林が小手にいった。

どっちだ、どっちだ。面か小手か。主審は否定したが、副審二人が林の小手を採った。

4

この判定に観客が総立ちになったばかりか、大会関係者までが不満をあらわにして立ちあがった。K・N・キムも試合場から立ち去ろうとせず、からだで抗議の意思をしめしている。いや、いったん下りかけたが、観客の叱咤におしかえされるようにして、また、試合場に立った。

観客のあいだには、昨日の団体戦から鬱憤が集積している。不服をとなえるブーイングははげしい怒声にかわった。ジュースや空きかんが観客から投げこまれた。過熱した会場の喧騒は、いっこうに鎮静する気配がない。試合場下には、つぎの準決勝戦に出場する大城戸功と坂田秀晴が待機しているが、K・N・キムはいぜんとして試合場に立っている。

いまだ騒然とした雰囲気の中で、審判合議のうえ準決勝戦第二試合が開始されたのは、第一試合が決着してから十五分以上もあとのことだった。

大城戸功は愛媛県警。全日本選手権に二回出場して初出場でベスト8、昨年は三位に入賞した。松山商科大学在学中は三回中四国学生選手権を制し、全日本学生選手権でも優勝している。愛媛県警では警察大会二部優勝、警察選手権ベスト8などの実績を持っていた。

坂田秀晴は山梨県立富士河口湖高校教員。こんかいのチームではただ一人の教員だった。国士館大学在学中に関東学生選手権二回優勝、全日本学生選手権二位一回の戦績をのこし、教員となってからは、教職員大会、国体などで活躍している。

観客の感情は、まだ、ささくれだっている。そのため試合は中断をはさんでつづけられたが、大城戸が終始優勢のうちに、突きと小手を奪って勝った。

団体戦をきのう終わった選手たちは、きょう個人戦をたたかっている選手たちのために、かいがいしくマネージャーをつとめていた。かれらのもとに、

「空気が険悪だから閉会式のあと、ただちに宿舎にひきあげる。そのための準備をいそげ」

という指令がとどいたのは、大城戸と坂田の試合中だった。この指令が大会本部からだされたものか、日本役員からだされたものかわからなかったが、そうであるならばチーム最年少の宮崎正裕には、たちはたらかなければならぬことが多かった。

昭和63年５月、第７回世界剣道選手権大会二日目の個人戦終了後、宿舎のタワーホテル駐車場にて

決勝戦——

大城戸功と林朗のたたかいは、もう、どちらが勝っても日本の優勝となる。両者の動きにのびやかさがもどってきた。大城戸が先手を取った。林が大胆に面に跳びこもうとして手もとのあがったところ、踏みこんだ大城戸がその小手を切った。つぎに林が取りもどした。林がつづけて大城戸の面を攻め、大城戸が体をひきながら面を放つところ、その小手を林が打った。

このあと、両者、同時に強烈な諸手突きをきめて相殺となり、林また諸手突き、大城戸また諸手突き。しばらく気と気の攻めあいとなったが、大城戸がいっきに面に跳んだ。林は下がりつつこれを迎え突いたが、大城戸の面、きまった。

第七回世界剣道選手権大会、個人戦は大城戸功が優勝した。

閉会式がおこなわれた。険悪な空気を怖れたためか、君が代もひびかず日の丸もあがらなかった。もとより、記念撮影どころではない。選手たちは荷物をかかえこんで会場出口をいそいでめざしたが、そこに待っているはずの日本選手団送迎バスはなく、アメリカ選手団送迎バスに同乗して、タワーホテルにもどった。それから、駐車場に集合して、記念撮影をおこなった。予想もしない大会閉幕となった。

夏がすぎた。秋を迎えた。

十一月三日、日本武道館で開催されたこの年の全日本剣道選手権大会で、出場選手五十八名のうち、見事、天皇杯を獲得したのは、世界剣道選手権大会で活躍した林朗だった。

この日、林は好調だった。世界剣道選手権大会でも見せた得意の突きを、要所に駆使して試合をはこび、重厚な攻撃で決勝戦まで進出してきた。

これまで林はまだ一本も相手に許していない。いや、三回戦、白石裕通（栃木）との試合で面を先取したあと、さらに面をうかがって間をつめようとしたところ、そのはなを白石から面に跳びこまれている。北海道剣道連盟職員林朗とフリーライター白石裕通との試合は、がぜん会場をもりあげた。結局、試合は再三面に跳びこんでくる白石の胴を林が抜いて決着がついた。

決勝戦で林とたいする大沢規男（埼玉）は、この大会初出場ながら、ことし全国警察剣道選手権三位の勢いを維持して勝ちあがってきた。準々決勝戦で寺地種寿（東京）、準決勝戦では西川清紀（東京）、ともに警視庁の有力選手でこの大会の優勝候補を、たてつづけに破っている。西川、そのため連覇ならず。

決勝戦、林朗が面で勝った。北海道からはじめてこの大会の優勝者がでた。

宮崎正裕は、羨望を感じた。かれはまだ、全日本剣道選手権大会の出場資格とされる六段に達していなかった。

来年になれば、正裕も六段審査が受けられる。

いま、林にカメラマンが群がっていた。

わが親愛なるライバルの台頭

1

昭和六十四年一月七日、昭和天皇崩御。年号は平成とあらためられた。

神奈川県警察剣道特別訓練員の監督が平成元年二月に交代した。篠塚増穂のあとをひきついで、あらたに就任したのは小河浄久だった。小河は監督に就任するや、ただちに、

「これまで年二回おこなってきた部内のリーグ戦をこれからは月一回実施し、その成績によって一軍のメンバーをそのつど改編する」

と、宣告した。

道場に整列した特練二十数名は、あたらしい監督の宣告を、氷のように沈黙して聞いた。これはかれらにとっていまわしい宣告だった。沈黙は、かえってかれらの動揺をあらわしていた。

四日間にもおよぶリーグ戦（総当たり戦）は、緊張と不安が連続する苛酷な試練だった。にもかかわらず、それは憂鬱な季節のように、年二回、きまってやってきた。それがなんということだろ

う、これからは月一回になるというのだ。かれらは氷のように沈黙をたもっていたが、心の中では悲痛の叫びを発していた。

監督小河浄久が特練をきたえるために導入したのは、試合中心の練習と徹底した競争の原理だった。かれは一軍と二軍とのあいだに、画然たるラインを引いて、一軍に特権を与えた。練習を終えた一軍が入浴してからだをほぐすころにも、道場にのこった二軍はなおもかかり稽古で息を切らした。すべての場面で、一軍は優遇され、二軍はすえおかれた。両者に格差があった。支給される竹刀も一軍は二本、二軍は一本だった。監督の意図するところはあきらかだった。かれはそういうやりかたで特練に刺激を加え、各自の発奮をうながそうとしているのだった。

小河の論理によれば——

（試合の勝率は練習の質量によってきまる。勝率は努力の報酬なのだ。それであるならば、一軍と二軍の待遇に格差があるのは、むしろ正当でしかも公平である）

この屈辱に報復するには、リーグ戦で結果をだすしかない。リーグ戦で結果をだすには、日日の練習しかない。剣道特別訓練員の形相がかわった。

この年、宮崎正裕は全日本都道府県対抗剣道優勝大会（五月三日・大阪市中央体育館）、全国警察剣道選手権大会（五月十二日・日本武道館）、国体（九月十八日〜二十一日・北海道砂川市総合

体育館）などに出場した。都道府県、国体では神奈川のためによくはたらいたが、全国警察剣道選手権大会では、予選リーグを勝ちあがったものの、決勝トーナメント一回戦で敗退した。かれにしては平凡な成績だった。

十一月三日、日本武道館で平成元年度全日本剣道選手権大会が開催された。ことしから出場選手六十四名、これまでの五十八名から六名増えた。これは各都道府県剣連に所属する六段以上の人数に応じて、全剣連が出場選手の割り当てを見直し配分したものだった。

この大会、激戦を勝ちあがって準決勝戦に進出したのは、伊藤次男（神奈川）―大沢規男（埼玉）、栗田和市郎（東京）―西川清紀（東京）の四人、いずれも警察官だった。

伊藤次男―大沢規男の対戦。出場三回目の伊藤はきょう一回戦で野中総（兵庫）を下してから調子の波にのった。二回戦で警視庁期待の一人寺地種寿（東京）、三回戦で連覇をねらう前回優勝の林朗（北海道）、四回戦で昨年度ベスト8、出場四回の東良美（愛知）をたおして準決勝戦にのぞんでいる。いっぽう前回二位の大沢は古川和男（北海道）、山本雅彦（大阪）、田村徹（東京）、宮脇裕人（愛媛）らの強豪を破ってここに到達した。

試合は伊藤やや優勢のうちにすすんで、だが、延長戦。両者右に動きつつしだいに間をつめ、大沢が剣先を上下させると、その間隙をついた伊藤が大きく踏みこんで小手を打った。

栗田和市郎―西川清紀の対戦はともに警視庁。きょう栗田は石塚美文（大阪）、松下悦郎（鹿児島）、笠谷浩一（大分）、坂田秀晴（山梨）を、西川は釜田彰（島根）、石原一郎（長崎）、武藤士津夫（福島）、加治屋速人（埼玉）を破って、準決勝戦に進出した。

試合は栗田がやや不用意に面に出るところ西川の小手、遠間から両者同時に面に跳んで上背にまさる西川の面、全日本選手権出場十一回目の西川が初出場の栗田を圧倒した。

決勝戦は伊藤次男―西川清紀の対戦となった。剣先の攻防から技の応酬がつづいたが、ともに有効打なく、試合は延長戦、間合をつめてきた西川に伊藤が小手から面の連打にでるところ、いちはやく西川が得意の小手、これがきまった。

伊藤次男は惜しかった。西川清紀が一昨年度についで二度目の栄冠を得た。

2

この年の全国警察剣道大会が日本武道館で開催されたのは、それから五日後の十一月八日だった。神奈川は、昨年、二部から転落している。あらたに監督に就任した小河浄久が月一回の部内リーグ戦を実施して特練の奮起をうながしたのは、すみやかな一部復帰を実現するという目標のためだった。

「これほどの実力を持ちながら神奈川が二部に低迷しているのはおかしいじゃないか。きみたちはもっとつよいはずだ」

と、小河は叱咤した。

そして、じっさい神奈川は、十月六日におこなわれた関東警察剣道大会A組（警視庁、千葉、埼玉、神奈川）の団体リーグ戦で三戦全勝、見事に優勝していた。この勢いをそのまま全国警察剣道大会にもちこみたい。

神奈川は間太久矢、中村和也、宮崎史裕、有馬晋一郎、宮崎正裕、高橋滋、伊藤次男の七名で陣容をととのえ、田中陽介、中原弘之を控えにおいて万全を期した。ことし全日本剣道選手権大会準優勝の伊藤次男が大将をつとめる。

はたして、この大会、神奈川は圧倒的なつよさを発揮した。二部トーナメント戦出場四十チーム、神奈川は一回戦大分を六—二、二回戦愛媛を六—一、三回戦北海道を七—〇で下し、四回戦で昨年神奈川とともに一部から転落した熊本と対戦した。接戦が予想されたこの試合も、神奈川が六—一の大差で制した。

準決勝に勝ちあがったのは、神奈川、宮崎、福岡、岡山の四チームだった。神奈川と宮崎の対戦は、先鋒神奈川間太久矢と宮崎重黒木公彦がはげしく打ち合い、延長戦で間が面を奪って一勝するや、神奈川がいっきにたたみかけて宮崎に反撃を許さず、七—〇で圧勝した。このとき、神奈川の一部復帰がかなった。

福岡と岡山の対戦は、一進一退の息づまる攻防のすえ、結局、福岡が勝った。

そして、決勝戦——

神奈川の猛攻はつづいた。ダムを放流したようなこの勢いは、もうなにものもとめることができない。七—〇、神奈川が全国警察剣道大会二部優勝をきめた。出場選手七名のうち、間太久矢、中村和也、宮崎史裕、宮崎正裕、高橋滋の五名が全勝賞を与えられた。

一部優勝は警視庁、四連覇を達成した。

宮崎正裕が六段をめざして昇段審査を受けたのは、平成元年十一月、全国警察剣道大会で神奈川が二部優勝をとげたあとだった。十一月二十七日、かれは日本武道館でおこなわれた六段審査にのぞんだ。全日本剣道選手権大会をめざす者に求められる最初のステップである。

不合格——

全日本剣道選手権大会の出場資格が六段以上に制限されたのは、昭和五十八年四月のことだった。それから七年、ことしまでに七回の大会がおこなわれたが、それは宮崎正裕ら五段の者にとっては、七回の機会がむなしく失われたことを意味していた。

（六段になったら……）

宮崎正裕に六段を受ける資格が生じたのはことしだった。いままでどんなにか、この日のくることを待ちわびたことだろう。だが、その最初の昇段審査で失敗した。

かれは焦燥を感じた。

「全日本選手権にだしてやるといって、おまえを神奈川県警に勧誘したのはわたしだ。わたしには責任がある。わたしがまずやるべきことは、宮崎に六段を取らせることだ」

と、監督小河浄久がいった。小河のことばには熱意がこもっていた。

宮崎正裕は、週二回、特練の練習のあと、小河浄久にともなわれ、戸部にある横浜市消防局西消防署の道場に稽古にいくようになった。この道場に集まるひとびとは、剣道の基本、を重視して、打ち切る稽古の実践を心がけていた。

「試合、試合の連続で勝つことだけに専念してきたから、宮崎の剣道は少しかたちがくずれているかもしれない。それはわたしのせいでもある。このさいはもういちど、基本にもどろう。この道場には基本をたいせつにしようというひとたちが稽古に集まっている。指導してもらうとよい」

というのが、小河が正裕に西消防署の道場を推薦する理由だった。

ひとびとは、宮崎正裕にたいして親切だった。道場にはともに研鑽を積むという雰囲気があり、ひとびとは正裕にも率直なアドバイスを惜しまなかった。ありがたいことだった。

(このつぎの全日本選手権までには、もう一回、六段の昇段審査が京都でおこなわれる。このときには絶対合格したい。これに失敗したら、全日本選手権はまた一年遠ざかってしまう)

不安がかれをかりたてた。

平成二年になった。

きたるべき全国警察剣道選手権大会にそなえ、神奈川代表選手の選考をかねた特練の月例リーグ戦（総当たり試合）がおこなわれたのは、桜前線がそろそろ関東にさしかかろうかという季節だった。

だから、三月下旬。

このときも、リーグ戦は四日間にわたった。

その結果、勝率で最上位を占めたのは、伊藤次男、宮崎正裕で、このあと宮崎史裕らがつづいた。だれが神奈川の代表選手になるのか、まだ、発表がない。これらの成績は選考の参考にされるが、最終決定は監督、コーチの判断に委ねられる。

数日して、小河が宮崎史裕を呼んだ。

「ことしの警察選手権は、うちからおまえをだすことになった」

「えっ」

と、史裕はふいをつかれて短くさけんだ。まさか、と思った。

「伊藤次男と宮崎正裕は、関東管区の推薦で警察庁指定選手として出場することになった。おまえに順番がまわった。死ぬ気でやれ」

と、小河がいった。

兄に告げると、正裕はにっとわらって、

「よかったな。うれしいだろう。おい、おかあさんの弁当、きょうはおれにまわせ」

と、いった。

そんな理屈があるものか。

3

六段の昇段審査が京都の西京極にある市体育館でおこなわれたのは、五月七日だった。宮崎正裕は道具一式を担いで、京都に向かった。かれは最短距離で全日本剣道選手権大会に出場したかった。そのためには、なんとしても、この六段審査に合格しなければならない。これがラストチャンスだった。

かれがさきに失敗した東京会場では千五百八十二名の受審者があったなかで、合格者は百五十七名だった。京都会場にも千六百六十六人の受審者がつめかけていた。東京会場よりも人数が多い。

(この中から合格できるのはいったい何人だろう)

ひしひしと集まった受審者たちにまじると、心配がふくらんだ。ここでは、過去の実績や剣歴はいっさい効力を持たず、だれもが無名の学剣者として平等にあつかわれ、ただ剣道の内容だけを問われた。

合格したのは百六十三名。合格者発表の中に、宮崎正裕はじぶんの番号を発見した。胸のうちにさわやかな五月の風が吹き、かれのたましいを心地よくゆすった。

（これでスタートラインに並ぶ資格ができた）

だが、日本武道館で全日本剣道選手権を争うためには、そのまえに地区予選を勝ち抜かなければならない。そのことに正裕がぐぜんと気づいたのは、受審会場をあとにしたときだった。奇妙なことに、かれのイメージでは六段取得と日本武道館とが直結していて、地区予選についてはこれまで思いいたることがなかったのだった。

六段というハードルはクリアしたが、そこから日本武道館までには、険しい障害と長い距離が待ち受けていることを、あらためて感じないわけにはいかなかった。


平成二年度全国警察剣道選手権大会が東京・新木場の警視庁武道館（術科センター）で開催されたのは、宮崎正裕が六段に合格してから四日後の五月十一日、いかにもあわただしい。しかも弟の史裕とともに、はじめての兄弟出場だった。

出場選手六十四名。四名ずつ十六組にわかれて予選リーグをおこない、これを勝ちあがった十六名が決勝トーナメントをたたかう。宮崎正裕、史裕ともに三勝して、予選リーグを抜けだした。

決勝トーナメント一回戦――

宮崎正裕は山田紀明（埼玉）から小手、面を連取した。動きから見て、好調らしい。宮崎史裕は寺地種寿（警視庁）と対戦することになった。寺地は、昨年度この大会で優勝している。はたして試合ははげしい攻防となった。

慎重なさぐりあいのあと、寺地が中心を割ってさかんに攻めこむが、宮崎史裕は足をつかってこれらの打突をかわし、かわすや間合にはいって逆に攻めこむ。史裕、前後左右の動きがめまぐるしい。寺地の間合を攪乱してかれの苛立ちを誘っているのか。寺地、やりにくそう。試合は延長戦にはいった。ともにはげしく打ち合った直後、史裕が引き面を放つが不十分、ああ、惜しい。遠間からたがいにすすみよって構えなおした瞬間、宮崎史裕がいっきに面に跳んだ。

二回戦――

宮崎正裕と稲富政博（佐賀）との対戦は、活発な打突の応酬からはじまった。ともにゆずらず。稲富、面にいった。正裕、面にいった。ややあってつば競り合い、離れぎわに放った正裕の引き面がきまった。宮崎正裕は稲富の反撃をよくしのぎ、やがて時間がきた。

宮崎史裕と旭国雄（香川）、ともにこの大会初出場だが、過去に団体戦でいちど顔をあわせており、そのときは判定で旭が勝っている。試合は足をつかったはげしい動きから切れ目なく技をくりだすという、息つくまもない展開となった。中盤、ふと、旭の動きがとまった。

史裕がこの一瞬の静止を見逃がさず動作をおこした。面か。旭はとっさに面を防御したが、史裕の動作には微妙な時間のずれがある。旭が防御を解いたとき、宮崎史裕の竹刀がまっすぐ旭の正面を打った。このあと、旭はさかんに攻めこんだが、結局、有効打なく、そのまま終わった。

これから、準決勝戦になる。

この大会、ここまで勝ちあがってきたのは宮崎史裕―染谷恒治（千葉）、高橋英明（京都）―宮崎正裕の四名。

染谷は予選リーグで強豪東良美（愛知）を判定で下して上昇気運にのり三勝、決勝トーナメント一回戦優勝候補の一人船津晋治（大阪）を延長一回小手で、二回戦惣次勇（福井）を判定で、それぞれ破って台頭した。

高橋は予選リーグ三試合をすべて二本勝ち、決勝トーナメント一回戦ベテラン武藤士津夫（福島）を延長一回面で、二回戦昨年度三位の松本政司（香川）を小手で、それぞれ破って進出した。

準決勝戦、二組の試合が同時に開始された。

宮崎正裕と高橋英明の対戦――

正裕にとっては昭和六十年度のこの大会、はじめての出場で二位になったときいらい五年ぶりにめぐってきた準決勝戦進出だった。たがいに手のうちをさぐりあったあと、試合は中盤から動きはじめた。

宮崎正裕が、大きく剣先をゆらしながら間合をつめて果敢に技をくりだせば、高橋はその間隙をついて面に跳びこむ。同じような場面がくりかえし展開されたが、ともに有効打ないまま、試合は延長戦になった。いままでのところ、正裕やや優勢か。延長戦になって高橋が反撃にでた。判定は、どっちだ。旗が割れた。二ー一、高橋が勝った。宮崎正裕、二度目の決勝進出はならなかった。

宮崎史裕と染谷恒治の対戦——

染谷が剣先を内、外にいれかえながら間合をはかろうとするが、史裕は自在に間合を出入りしてこれをかきみだす。染谷が攻めてはいれば間合を切り、染谷が攻めあぐねれば間合に入って面、小手に跳びこむ。が、有効打なく延長戦。小手の応酬が見られたが、結局、判定に持ちこまれた。こちらも旗が割れた。二ー一、どっちだ、宮崎史裕が勝った。

準決勝戦は、二組の試合が同時に終わった。

兄が去って、弟がのこった。

4

選手の溜まりにもどると、正裕は弟の表情にほっとした気分があらわれていることに気づいた。

「ここまでこれてよかった。これで責任をはたした。部内のリーグ戦やらなくても、来年もこの大会にだしてもらえる」

と、史裕はいった。はたして、兄が推察したとおりだった。優勝、準優勝の選手には翌年度の出場資格が与えられる。弟は約束された二位に達成感を持っているらしかった。

（ぼくもそうだった。二位が約束されたことで満足して、勝つことにたいする執着を失っていた。あのときぼくは決勝戦をたたかうまえに敗けていたのだ）

と、正裕は思った。

兄はまるで史裕の頬を打つようなはげしさでいった。

「ここで満足するんじゃない。おれを見ろ、こんなことがまたあると思うな。これが最初で最後のチャンスだと思え」

「まあ、そうだろうけど」

「だから、つぎの試合にはどんなことをしても勝って優勝しろ。決勝戦だからといってかっこつけることはない。どんな技でもいい、機会があったらためらわずだせ」

「うん。兄貴のぶんまでがんばるよ」

と、史裕はこたえた。兄の激励がふたたびかれに緊張をもたらした。

決勝戦——

高橋英明が面に跳びこんで試合が動きはじめた。宮崎も攻め返して面。戦端を開いた高橋は、宮崎の足を封じるため、上背をたおして剣先を低く構え、下からおびやかしつつ、ぐっ、ぐっと前にでる。宮崎、おそれず遠間から多彩な技を駆使して攻めこむが、一本にはいたらない。つば競り合いになるたびに、宮崎が引き面を放つ。

足をつかって攻める宮崎と、じっと機会をうかがう高橋と、だが、延長戦。おたがいに一本ずつ、惜しい面があったあと、またつば競り合いになった。

あっ、宮崎の引き面。おう、これは見事にきまった。

この瞬間、平成二年度全国警察剣道選手権大会、宮崎史裕の初出場初優勝が確定した。それは昭和五十三年度大会の笠村浩二いらい、十二年ぶりに神奈川にもたらされる優勝だった。

(おう、よくやったぞ、フミ)

宮崎正裕は弟の優勝を祝福して、心の中で惜しみない拍手を贈った。兄として、史裕の成長がほんとうにうれしかった。

そして、拍手を贈り終わったとき、宮崎史裕は正裕の親愛なる弟から最強のライバルへ変身をとげていた。

(フミはまだぼくが取ったことのないタイトル保持者となった。きょうまでは兄としてかれを指導してきたが、あしたからはぼくがかれを目標として練習に励むことになる)

正裕はじぶんにいった。

平成２年度全国警察剣道選手権大会にて。後列左が小河浄久監督、そのとなりが幸野実首席師範。前列左から父重美、３位・宮崎正裕、優勝・宮崎史裕、母好子

もうすぐ、表彰式がはじまる。

全日本剣道連盟が全日本剣道選手権大会への出場選手資格を、現行の六段以上から五段以上に変更することを決定したのは六月十八日だった。決定は七月一日に発表されたが、発表以前からうわさはひろがっており、それは宮崎正裕のもとにもとどいた。

うわさを聞いたときの正裕の感想は、少し複雑だった。かれらの世代は、五段をとったからさあこれから全日本選手権をねらうぞというとき、出場資格が六段以上になって門戸が閉ざされ、やっと六段をもらえたからさあこれから全日本選手権をねらうぞというとき、出場資格が五段以上になって門戸が開放された。門戸が開放されれば、どっと予選参加者が増えるだろう。

（ちょっとついていないな）
だが、宮崎正裕がそのことにながく思いをのこしている余裕はなかった。ことしは天皇即位の礼の行事があるため、例年九月におこなわれる関東警察剣道大会が七月三日に日本武道館で、例年十一月におこなわれる全国警察剣道大会が七月二十七日に警視庁武道館で、ともに前だおしして開催されることになっていた。

熱い夏になった。

平成二年度全国警察剣道大会。七月二十七日、警視庁武道館。昨年二部で優勝した神奈川はことし一部でたたかう。一部Aブロックは警視庁、兵庫、香川、福岡。Bブロックは神奈川、京都、埼玉、大阪。それぞれのブロックで四チームがリーグ戦をおこない、一位のチームが決勝戦で激突する。

Bブロックのリーグ戦はスリリングな展開になった。最終戦は京都（二勝）と大阪（一勝一敗）、神奈川（一勝一敗）と埼玉（二敗）の組み合わせ。京都が大阪に勝てば文句なく決勝戦に進出するが、大阪が勝てば京都と並び、さらに神奈川が埼玉に勝てば、三チームが二勝一敗で並んで、勝者数の勝負になる。

大阪が京都に勝った。ともに二勝一敗ながら、通算勝者数で大阪一二、京都一〇、京都が脱落した。

このとき、隣のコートでは神奈川が埼玉と対戦中だった。神奈川が埼玉に勝ち、勝者数で大阪を上まわればリーグ一位、勝者数が同じでも総本数が大阪を上まわればリーグ一位、奮起しないわけにはいかないではないか。神奈川は副将高橋滋がたたかい終わったとき、勝者数で大阪と並んだ。総本数で神奈川一八、大阪一七……神奈川がBブロックのリーグ戦を抜けだして決勝戦に進出することになった。

Aブロックからは警視庁があがってきた。

さあ、決勝戦は神奈川と警視庁の対戦——

神奈川は先鋒間太久矢、六将中村和也が警視庁寺地賢二郎、田島稔にあいついで敗れたが、五将宮崎史裕がくるしみながらも胴で、四将有馬晋一郎が小手、小手で警視庁恩田浩司と栗田和市郎を下した。ここで、タイ。両チーム二勝ずつをあげた。

三将戦は神奈川宮崎正裕と警視庁寺地種寿。

優勝の行方を左右する重要な試合となった。立ちあがるや、寺地が積極的にしかけて再三面を放つが、中盤から宮崎が攻勢に転じ、構えなおしたところから小手を見せて面、これがきまった。そのあと、寺地の反撃をよくしのいで、神奈川の王手。優勝が近づいた。

だが、副将戦、警視庁佐藤勝信が面を、神奈川高橋滋が小手を、それぞれ取り合ったあと判定にもつれこみ、あっ、佐藤。壮絶なたたかいとなった神奈川伊藤次男、警視庁川原力の大将戦も、判定で川原の勝ちとなった。

惜しい、神奈川。一部優勝を逸した。

宮崎正裕は最も近い目標を、全日本剣道選手権大会神奈川県予選の突破にさだめた。

全日本剣道選手権大会優勝

1

平成二年十一月十二日に挙行される天皇即位の礼にそなえ、例年十一月におこなわれる全国警察剣道大会が七月二十七日に警視庁武道館で開催された。一部出場の神奈川、惜しかった、決勝戦で警視庁に敗れ、二位に終わった。

全国警察剣道大会が終わるとともに、警察剣道はシーズンオフにはいる。神奈川県警察剣道特別訓練員も、警察武道館の合同練習から解かれて、それぞれが所属する機動隊や警察署にもどった。ことしは異例に早いオフになった。特練もこれからは一般警察官とともに、いわば自主トレによって、じぶんの剣道を維持していかなければならない。

剣道特練約二十名は、神奈川県警察の場合、半数が第二機動隊、半数が各警察署の所属だった。川崎市中原区木月、東急東横線元住吉駅と日吉駅の中間にある第二機動隊でも勤務のあいま稽古がおこなわれていたが、特練にくらべたら、当然のことながらいちじるしく練習量が少ない。

全日本剣道選手権大会の神奈川県予選はまぢかだった。

（神奈川県の代表になって、日本武道館で試合をしたい）

宮崎正裕にとっては、ようやく与えられた出場の機会だった。

さる五月十一日におこなわれた全国警察剣道選手権大会、宮崎正裕と史裕は兄弟出場をはたし、ともにめざましい活躍で上位に進出した。この大会では過去に初出場二位の成績を持つ兄の正裕に優勝の期待がよせられたが、準決勝戦で敗れ惜しくも三位、優勝したのは初出場ながら機敏な試合はこびでつぎつぎに強敵をたおして勝ちあがってきた弟の史裕だった。

正裕は弟の優勝を祝福した。

わが最も親愛なるライバルの台頭だった。

宮崎史裕の優勝はたしかに賞賛されるべきものだったが、周辺の賞賛はしばしば正裕との比較のうえでなされた。

「そういえば、少年時代から史裕の剣道センスは正裕よりすぐれていた。同じ土俵にあがらせたら兄より弟のほうがつよい、ということがこの優勝で証明されたのではないか」

風評は宮崎正裕にもとぎれとぎれにとどいた。正裕は強烈な競争意識にかりたてられた。風評をくつがえすためには、

（全日本剣道選手権をとる）

——しかない。

全日本剣道選手権大会神奈川県予選は、九月二日、県立武道館でおこなわれた。ことしから出場資格が五段以上（これまで六段以上）にひきさげられたため、元気活発な出場者が増えている。まばたきした瞬間、突然、なにがおきるかわからない。

だが、いまいちばん警戒すべき宮崎史裕は、この予選を欠場することになった。かれは警察庁が実施する青年警察官海外研修の神奈川県警察代表（六名）に選ばれ、今秋、約二か月間にわたってヨーロッパの警察見学におもむくことが決定していた。全日本剣道選手権大会が開催される十一月三日、宮崎史裕は日本にいない。青年警察官海外研修の一員として神奈川県警察がかれを派遣することにしたのは、全国警察剣道選手権大会の優勝を十二年ぶりにもたらした褒賞だろうと思われた。

県立武道館——

全日本剣道選手権大会神奈川県予選は、最終局面にさしかかっていた。神奈川県の代表選手枠は二名、決勝戦まで勝ちのこれば本大会の出場権が得られる。宮崎正裕はいま、準決勝戦をベテランの特練先輩三宅一とたたかっていた。三宅か、宮崎か。

幸運は正裕に転がりこんだ。

このとき、正裕は日本武道館道行の切符を手にした。もう一枚の切符を手にしたのは、前年度全日本選手権大会準優勝の同じく特練先輩伊藤次男だった。決勝戦を二人でたたかった。

県立武道館をでると、岸根公園の木立ちでカナカナが鳴いていた。太陽が傾きかける時刻だった。正裕がはじめて全日本剣道選手権大会を観戦したのは、東海大相模高校三年生、剣道部監督木田誠一に引率されてでかけた日本武道館で、たましいをゆさぶられたのだった。

このときから、全日本剣道選手権大会出場、は正裕の夢となった。あれからちょうど十年、夢の実現がきょう約束された。うれしいか、むろんうれしい。だがそれは、夢の実現ではあるにせよ、出発であって完結ではなかった。

九月十二日、育代、警友病院で出産。夫婦に長男が誕生した。病院をでて海岸通りを横断すると、山下公園だった。正裕は純粋な感動につつまれながら、海を眺めた。海は光っていた。からだの奥から、勇気とでもいうべきふしぎなちからがとめどなくわいてくるのを、かれはいま感じた。

長男には、克海、と命名した。

全日本剣道選手権大会が近づくことは、即位の礼が近づくことだった。即位の礼が近づくにつれて、第二機動隊は警戒警備のための出動がふえた。勤務のつごうで、伊藤次男、宮崎正裕、日高徳幸、中村和也、織口剛次、間太久矢ら第二機動隊に属する約十名の特練が、いちどきに道場にそろうような機会はもうなくなった。

伊藤次男と宮崎正裕は、勤務の間隙をぬうようにして、たった二人の稽古をおこなったが、それすらも全日本剣道選手権大会出場を約束された両者にたいする、神奈川県警察のとくべつの配慮があった。

宮崎正裕は、十月二十二日から二十五日まで行橋市でおこなわれた福岡国体（剣道）に、神奈川県成年男子の選手として出場した。メンバーのなかには弟の史裕もいた。神奈川県三位。だが、正裕は準々決勝戦で石田利也（大阪）、準決勝戦で田島稔（東京）、ともに敗れてその成績は期待に反した。

全日本剣道選手権大会は十一月三日、もう目前だった。大会にそなえて、調整にはいらなければならなかった。

2

これがもし特練のシーズン中であれば、大会のほぼ一週間前、個人出場の選手にたいして、

「そろそろ調整にはいっていいぞ」

と、監督から許可が与えられ、集団訓練を離脱して個人的な調整にはいる。

調整のしかたは選手によって、それぞれちがう。宮崎正裕は準備運動―基本練習（かかり稽古）

―指導稽古―互角稽古（特練同士）とつづく特練の練習メニューを、それぞれ時間を短縮してすべてコンパクトに消化するというやりかたをとってきた。

調整はつねにじぶんとのたたかいだった。

調整とは、点火すればすなわち爆発をおこす精神的身体的状態、をつくることだった。それがのぞましい最高のコンディションだった。だが、そのためのマニュアルがあるというものでも、数値的に表示されるというものでもない。練習を抑制するつもりが妥協におちいってしまう危険や、練習を強行するあまり過労を招いてしまう危険がつねにあった。ともに、点火すれば爆発する、という状態ではない。

シーズンオフのいま、特練の練習メニューにしたがって警察武道館で調整をはかることはできなかった。調整はいつも孤独な作業だが、こんかいはいっそうつよい不安がつきまとった。第二機動隊が出動したあとの道場は閑散としていた。全日本剣道選手権大会出場をきめたときのわくわくした感情は消え去った。

（大会よ、せめてもう一日延びてくれ）

と、かれはせつにねがった。

それでも、その日はやってくる。

大会はあしただった。

この日、宮崎正裕は日本武道館でおこなわれた選手交歓会に出席し、早い午後、鶴見のわが家に帰った。つとめてふつうにふるまっているものの、妻の育代にいつにない緊張の気配がうかがわれ、かれは少し気の毒に思った。いつもならば午後十時の就寝を一時間早めた。はたしてすぐには眠れない。

あすの試合のことを思った。さきに発表された組み合わせによれば、かれは一回戦で香川の松本政司とぶつかることになっていた。松本は正裕と同年齢の警察官で初出場、正裕は公式戦で過去二回対戦しさいわいにも勝っているが、じつはつよい。

選手交歓会で、正裕は松本と少し話をした。

「よりにもよってこんなつよい選手と初戦で会うことになろうとは……」

「それはこちらがいいたい。まったく、いやな相手だ」

と、松本はわらった。

負けるかもしれない、と正裕は寝がえりをうって思った。だが、この試合に負けて人生がかわるというものではない。やるだけやろう。

（ぼくにとっては一回戦が決勝戦だ）

それにしても、あした、育代が応援にくるのはつらいなあ。正裕はこれまで妻の観戦を拒絶してきた。だから育代は、夫の試合どころか稽古着すがたさえ見たことがなかった。正裕がこれまで妻の観戦を拒絶する理由としてかかげてきた口実は、

「もしぼくが全日本選手権に出場するときがきたら、応援にきてくれ」

というものだった。そのときがきてしまった。

（おいおい、彼女に試合を見られてしまうのか）

少年時代、両親にじぶんの試合を見られるのがとてもいやだったことを思いだした。あのころはいつも負けていたからなあ。正裕はまた寝がえりをうった。

やがて、睡眠にはいった。

妻に起こされたのは午前四時半、すでに食事の用意ができていた。試合当日、正裕はけっして昼食をとらない。この食事がエネルギーのすべてだった。午前六時、かれは道具一式を担いでわが家をでた。

「克海といっしょに応援にいきます。だから優勝してね」

と、育代が気軽にいった。

「えっ」

と、正裕はいった。なんとこたえればいいんだろう。

夜はもう終わっていたが、朝はまだ始まらない時刻だった。かれは京浜東北線鶴見駅から電車に

乗った。車のほうが便利にちがいないが、もしものこと、途中、なんらかの事情が発生して交通渋滞にまきこまれることはないか。電車のほうが確実だった。

かれはこの日、最も早く日本武道館に到着した何人かの選手の一人だった。剣道サブ道場が練習用に、柔道サブ道場が控え室に、それぞれあてられ、やがて選手たちがぞくぞくと控え室にすがたをあらわしはじめた。東一良（愛知）、加治屋速人（埼玉）、西川清紀（東京）、林朗（北海道）、寺地種寿（東京）、大沢規男（埼玉）、松田勇人（奈良）、山中洋介（鳥取）、近藤亘（徳島）、武藤士津夫（福島）、伊藤次男（神奈川）らの強豪や、石田利也（大阪）、栄花英幸（北海道）、小山正洋（静岡）、寺地賢二郎（東京）、松本政司（香川）らの新鋭がいた。強豪たちは無言のうちに周囲を圧した。

宮崎正裕は猟犬に追いつめられた小動物のように控え室の隅に位置どって、

（ぼくはのまれているなあ）

と、思った。

きょう正裕に付き添う特練の竹井浩司がうながした。

「道具をつけましょう」

「うん」

正裕は垂れをつけた。これは、ことし五月、京都でおこなわれた昇段審査のさいもちいた垂れだった。それはミシン刺しのありふれたものだったが、正裕は六段合格のこの垂れに縁起を担いでいた。

かれは縁起やジンクスにひどく執着するタイプの人間だった。たとえば……いや、それはまずい。縁起やジンクスは極秘の個人情報に属するうえ、ひとたび公表するやたちまち効能を失ってしまう。

3

平成二年十一月三日、全日本剣道選手権大会。東京・九段の日本武道館には、都道府県の予選を勝ち抜いてきた六十四名の選手が集合した。ことし、即位の礼にともなう警備に動員された影響か、警察官の出場は昨年の五十二名から四十二名に減った。教員十五名、会社員三名、刑務官二名、その他三名。午前九時三十分選手入場、同九時四十分開会式。このなかに、宮崎正裕がいる。かれはひとわたり見まわして、

（あれっ、ミシン刺しの垂れを着けているのはぼくだけか）

と、思った。

だが、ぼくはぼくであって、それ以外のなにものでもない。

開会式を終わって選手控え室にもどってくると、その入口周辺にははやくも剣道少年や剣道少女

がちびっこギャングのように待ちかまえていて、有名選手にサインを求めていた。宮崎正裕には見なれない光景だった。

（すごいなあ。つよい選手はこんなにサインをねだられるんだなあ）

付き添いの竹井浩司がわらいながら、小さい声でいった。

「先輩のところには一人もサインをもらいにきませんね」

「そうだなあ」

と、正裕はいった。

午前十時、試合開始。二コートで当時に一回戦がはじまった。宮崎正裕の試合はもうすぐだった。

そのとき、突然、風のように小河浄久が出現し、

「いいか、きょうは勝つことだけを考えてやれ。よそいきの剣道をするな。すっころんでも勝て」

と、正裕にいった。

試合会場の地下アリーナから少しあおぐと、正裕の位置から正面、一階観客席に長男克海を抱いて腰かけている妻が見えた。あっ、いま小河浄久があらわれて、育代の隣りに場所を占めた。左に妻の両親、右に正裕の両親がいる。

（もう、試合だ。神さま、初出場のわたしには一回戦が決勝戦です。妻子が応援にきています。どうかわたしをこの試合に勝たしてください。この試合に勝てたら二回戦は負けてもかまいません）

一回戦、宮崎正裕は松本政司とたいした。

両者、蹲踞から立ちわかれてまもなく、松本が面にでようとするところ、宮崎が小手。さらに前へでて小手。宮崎が小手技を中心に組み立てた攻めが、このあとの松本の技を封じた。松本は軽快に動くが、宮崎の小手を警戒して思いきった技がでない。

ともに、有効打なく終盤。

このまま、延長戦にはいるか。やにわに宮崎が攻めこむ気配をしめし、とっさに反応した松本が床を蹴って面に跳びこむところ、えたり、と宮崎がその小手を打った。

あざやかに、きまった。

一回戦がすべて終わったとき、異変がおきている。この大会、一昨年二位、昨年三位の大沢規男が佐藤忠彦（佐賀）に敗れて、戦列から去った。初出場の栄花英幸、石田利也、寺地賢二郎、佐賀豊らも消えている。

一回戦を突破したことは重責をはたしたことだった。目に見えないかせがはずされて、正裕は精神的にも身体的にも、のびやかな自由を感じた。二回戦も勝ちたい。

（神さま、すみません。さっきは嘘をつきました）

試合前、正裕が観客席に視線をやると、育代のすがたが見えなかった。克海がむずかるので、廊下にでてあやしているのだろうか、と思った。

二回戦、宮崎正裕は森芳久（宮崎）とたいした。森、上段。宮崎が片手突きをきめた。

二回戦で最も注目された試合は、昭和六十二年度・平成元年度優勝西川清紀と、昭和六十三年度優勝林朗の一戦だった。公式戦、両者の対戦はこれがはじめてだが、開始から一分、西川が前へでようとするところ、林が体重をのせてドーンと面に打ちこんだ。このあと、西川はさかんに林の小手を攻めるが林の堅牢な構えをくずすことができない。結局、西川清紀が敗れ、大会二連覇はことしも実現しなかった。加治屋速人が二回戦で敗れた。

三回戦から試合場が一つになった。観衆の視線が一点に集中し、ようやく会場全体が全日本剣道選手権大会らしい緊張した雰囲気におおわれた。いまや、すべての観衆が一つの試合を共有していた。試合前、正裕が観客席に視線をやると、妻に抱かれた克海の後頭部が見えた。

（なんだ、おまえは睡ってしまったのか）

三回戦、宮崎正裕は新屋誠（大阪）とたいした。新屋は大阪府警、ことしから出場資格を与えられた五段の選手だが、この大会に出場した十一名の五段の選手のうち、三回戦まで生きのこったのは、かれだけだった。

両者、いま立ちわかれた。新屋の面、わかれてさらに面。ついで宮崎の面。こんどは小手、また小手。面を見せて小手。このあとも、宮崎は小手に跳びこんで新屋をおびやかしたがことごとく有効打とならない。

いったん鎮まった宮崎正裕は、新屋の表から裏へ、裏から表へ、剣先で半円を描きつつ機会をうかがい、あっ、面か。いや、面と見せかけて新屋の手もとが思わず浮くところ、すかさず小手を打った。

三回戦で最大の波乱は、林朗の敗退だった。林朗と進藤正広（秋田）との一戦は、進藤が相小手から面に乗って先取したあと林の反撃が期待されたが、なんということか、林は場外反則をかさねてあえなく敗退した。坂田秀晴（山梨）、伊藤次男、山中洋介が三回戦で去った。

このあと、日本剣道形が小沼宏至と村山慶佑によって打たれた。

四回戦から準々決勝戦になる。ここまで勝ちのこったのは、清水新二（熊本）－白川雅博（東京）、進藤正広－小山正洋、宮崎正裕－佐藤忠彦（佐賀）、前原正作（鹿児島）－寺地種寿、八名の選手だった。

宮崎正裕とたいする佐藤忠彦は、出場五回目の警察官、きょう大沢規男、武藤士津夫、飯田茂裕（千葉）らを退けて進出してきた。宮崎には強敵だった。

4

四回戦、宮崎正裕と佐藤忠彦の試合が、いま、開始された。そろり、と宮崎正裕が佐藤の竹刀を抑えたかと思うと、突然、弾かれたように遠い距離をまっすぐ面に跳んだ。きまった。いや、きまらない。たがいに構えなおして一呼吸、またしても宮崎が面に跳び、こんどはきまった。このあと、宮崎は佐藤に打突の機会を許さず、やがて時間がきた。

四回戦が終わって、準決勝戦進出をきめたのは、白川雅博―進藤正広、宮崎正裕―前原正作の四選手だった。清水新二、小山正洋、佐藤忠彦、寺地種寿が去った。

（からだが動いている）

と、宮崎正裕が実感したのは、佐藤との試合が終わった直後だった。かれの経験によれば、かねて試合で面がきまるときは、からだがよく動いているときだった。あの面はその証拠だった。

気がつくと、かたわらに小河浄久がいた。

「いいか、試合はこれからだ。気合を入れなおしていけ。ここで負けても三位だなどと、じぶんをあまやかすんじゃない」

小河は険悪な形相で正裕に命じ、それから突如、すがたを隠した。まったく、小河のいうとおりだった。ここで気を緩めてはいけない。もう、観客席の妻子に視線をやることはやめた。

準決勝戦――

宮崎正裕と前原正作の試合は、蹲踞から立ちわかれるや、前原さっと上段に執った。全日本選手権五回目出場の前原正作は上段の選手、きょうこの上段で松田勇人、大塚尚弘（東京）、坂田秀晴、寺地種寿を下して、ベスト4にのこった。

宮崎、上段に構えてじっと見すえる前原にたいし、しきりに足をつかって小刻みに位置をかえ、位置をかえつつ、剣先を大きく右に開いて前原の攻撃にそなえている。あっ、宮崎が右手を離して、いま、左片手。突くぞの気配に頭上にかざした前原の剣先が、ひくひく、と痙攣をおこした。

宮崎、構えなおして小手、ついで面。前原が竹刀を振りおろすとき、宮崎はすでにふところに深く跳びこんでいる。おう、宮崎がひょうと左片手で胸突きをくりだしたが、前原が両肘でこれをたたき落とした。

前原が面にいく。とどかない。宮崎が面にくるところ、前原が胴にぬく。宮崎が活発に動きつつも試合は展開にとぼしく、両者いまつば競り合い。もう時間がない。このまま延長戦か。このとき、宮崎が退きながら大きく面を打った。

宮崎の引き面、きまった。

十秒後、試合終了の合図が鳴った。

準決勝戦、もう一試合、白川雅博と進藤正広の対戦は、進藤が小手を先取したものの、このあと白川が突き、さらに面を奪って逆転した。

さあ、平成二年度全日本剣道選手権大会の決勝戦。日本武道館の太鼓が、ドン、と一つ鳴った。

白川雅博と宮崎正裕は、試合場中央にすすみよって、面鉄のあいだから怠りなく相手を見すえつつ、蹲踞とともに竹刀を抜き合わせた。

いま、両者、立ちわかれた。ともに中段。

白川はことし警視庁の大将をつとめた強豪、アキレス腱と左手首に故障を抱えつつも、きょうのこの大会、栄花英幸、石井松雄（千葉）、馬本剛（広島）、清水新二、進藤正広を破って決勝戦に進出した。全日本剣道選手権三回目の出場だった。

試合開始三十秒——

宮崎正裕が大きく跳躍して面にいった。きまったか。おおっ、と観客席がどよめいた。いや、浅い。わかれて一呼吸、前にでてきた白川の剣先をさっと抑えた宮崎がそのまままっすぐ面にいったのは、さきのどよめきがまだ静まらないうちのことだった。白川、一瞬遅れた。白川が跳ぶより早く、宮崎が白川の面を打った。さきのどよめきに、あとのどよめきがかさなった。

宮崎正裕は、いま、ふしぎな感覚の世界にいた。こんなことがあるものだろうか。かれの動作を支配しているのはかれの意思ではなかった。思考より早くからだが反応し、われからすすんではたらいてしまうのだった。動作を命じているのは、かれではなくてからだじしんだった。

二本目が開始された。宮崎、まず面。ついで白川が剣先を下げて下から攻めこんでくるところ、さきに同じく剣先を抑えて、ああ、両者同時に面に跳んだ。どっちだ、どっちだ。旗はそろって宮

平成２年、第38回全日本剣道選手権大会にて大島功全剣連会長から天皇杯が授与される

崎正裕にあがった。

優勝がきまった。

歓声と拍手がいっせいにまきおこった。

畳座にさがると、場内の歓声と拍手がふいに高鳴りして聞こえてきた。それはかれが面をとり去ったためだった。カメラマンがむらがってきてレンズのシャッターを切った。もう、テレビのインタビューが待っていた。

そのあとはめまぐるしく忙しかった。新聞雑誌の取材を受けたあとおこなわれた閉会式では、選手たちからおめでとうの握手を求められ、優勝旗や天皇杯や賞状や賞品をいっぱいもらった。閉会式が終わると、観客席からおりてきた応援のひとたちに抱きつかれたり肩をたたかれたりした。剣道連盟、警察関係、友人知人……学校時代のなつかしい友人たちと、こんなふうに再会できたことはうれしかった。だれやかれやと、何枚も何枚も記念写真におさまった。

そして、ようやく段落がついたと思ったとき、すぐそばからどこまでも長くつづく少年少女の列に気がついた。きょう、宮崎正裕の付き添いとしてよくはたらいた竹井浩司が、

「こどもたちは宮崎正裕というサインがほしくてずうっと待っているんです。先輩、優勝したんですよ。このこどもたちにサインをしてやってください」

と、いった。

決勝戦の兄弟対決

1

平成二年十一月三日、東京・九段の日本武道館で開催された第三十八回全日本剣道選手権大会は、初出場の新鋭、神奈川代表宮崎正裕が優勝した。宮崎正裕、二十七歳。二十代の選手が栄冠を獲得したのは、第二十八回大会の外山光利（宮崎）いらい十年ぶり、初出場初優勝は第二十六回大会の石橋正久（福岡）いらい十二年ぶりだった。

しかも、全試合を通じ、一本も相手に許していない。日本武道館の天蓋にうがたれた穴からどっと陽光がなだれこんだような鮮烈な印象を、ひとびとにあたえた。

神奈川はかつて、中村太郎、という名剣士を擁した。中村は第三回大会（昭和三十年度）優勝、第四回大会（昭和三十一年度）準優勝、第六回大会（昭和三十三年度）準優勝、第七回大会（昭和三十四年度）優勝……という輝かしい成績をのこしたが、それはもう遠い過去の伝説となった。

ながい時間が経過した。宮崎正裕が神奈川県警察剣道特別訓練員となった昭和五十七年度に第三十回大会で三宅一が三位、その翌年度第三十一回大会で大久保和彦が三位。ふたたび上位進出がとだえて第三十七回大会、というと昨年度のことだが、伊藤次男が決勝戦に勝ちあがって期待を抱かせたものの、惜しくも西川清紀に敗れて、優勝を逸した。中村太郎以下、かれらはみんな神奈川県警察の選手。

——そして、宮崎正裕の優勝だった。

中村太郎の優勝からじつに三十一年がたっている。神奈川、とくに県警の剣道特練は、歓喜のために沸騰した。警察武道館の道場にあわただしく祝優勝の垂れ幕がかけられ、宮崎正裕の到着を待って、優勝旗や天皇杯や賞状や賞品がならべられた。

さあ、乾杯。

正裕のからだの中に、まだ試合の興奮がくすぶっていた。そのため、かれは睡れなかった。そうでなくても、間隔をおいて玄関のチャイムが鳴り、そのたびに祝電が束になってとどいた。大会のシーンはありありとよみがえってくるのに、かれにはなぜか優勝の実感がなかった。

(はたしてあれは現実にじぶんの身の上におきたことだったろうか)

正裕は時差で感覚の調整がうまくいかない旅行者のような気分だった。おまけにかれはまだひもじかった。大会でいちどきに体重が四キログラムも落ちていた。食べても食べても、もっと食べたかった。

（これじゃ、寝つけないなあ）

だが、少しまどろんだらしい。

朝がすぐきた。

正裕はわが家をでて、鶴見駅のキヨスクまで新聞を買いにいった。通勤のため駅に向かうひとたちも、まだ、まばらだった。きのうかれは、全日本剣道選手権大会に出場するため、道具一式を担いでこのコースを歩いたのだった。

かれは一般紙、スポーツ紙の全紙を買いこむと、ジョギングでわが家にもどった。あの新聞もこの新聞も、全紙が宮崎正裕の全日本剣道選手権大会初優勝を、大きく報じていた。

じわり、と優勝の実感がこみあげてきた。

玄関のチャイムとともに、きょうも祝電の束がとどいている。

この日、日曜日。

だが、十一月十二日におこなわれる天皇即位の礼にそなえ、全国の警察は休日を返上して、警戒警備にあたっている。

午前、監督小河浄久らに付き添われて神奈川県警察本部に出向いた宮崎正裕は、本部長以下幹部職員に優勝報告をおこなって優勝旗、天皇杯、賞状を披露し、午後、川崎市中原区木月の第二機動隊にもどると、ただちに勤務についた。

勤務についてしまえば、宮崎正裕は一人の機動隊員だった。

宮崎史裕から電話があったのは、この日の午後九時かそこらだった。青年警察官海外研修の一員に選ばれた史裕が、ヨーロッパに向かって出発したのは十一月二日、あした全日本剣道選手権大会がおこなわれるという日だった。

電話のむこうで、史裕がいきなりたずねた。

「試合、どうだった?」

「優勝したよ」

と、正裕はこたえた。

「だれが優勝したの」

「おれ」

史裕がわらった。

「ロンドンから電話してるんだよ。早くほんとうのこと教えてよ。試合、どうだった?」

「だからいってるだろう。おれが優勝したんだよ」

「うそだろう」

「ほんとうだよ」

「うそだろう」

「ほんとうだよ」

「ほんとうにほんとうなの」

「ほんとうにほんとうだよ」

「おれ、おかあさんに電話してみる」

史裕が電話を切った。

(フミが信じないのもしかたないなあ。ぼくだってまだ信じられないんだから)

と、正裕は思った。


天皇即位の礼が終わって平常の勤務にもどると、宮崎正裕はあいさつまわりに追われた。祝勝会があいついだ。こんなに多くのひとたちがじぶんの優勝をよろこんでくれるのかと思うと、胸に感謝があふれた。

イギリスをふりだしにドイツ、オーストリア、スイス、イタリア、ベルギー、フランスなど七か国を、青年警察官海外研修で旅行していた宮崎史裕は、十一月二十九日帰国した。

正裕も史裕も、ことし最後の大会をまぢかにひかえていた。

2

平成二年十二月二日、東京都国立市のくにたち市民総合体育館で、第十一回中倉旗争奪剣道選手権大会が開催された。会主中倉清（剣道範士九段・居合道範士九段）。国立剣道連盟、蕾会、国際社会人剣道日本クラブ主催のこの大会は、その年度におこなわれた主要な剣道大会の優勝者や最優秀選手、海外特別参加選手、全国都道府県の選抜選手、そして中倉旗の前回優勝者らが出場して開かれるもので、剣道シーズンの掉尾をかざる大会となっていた。

季節が深まっている。JR中央線国立駅から市内をつらぬいている大学通りでは、えんえんとつづく街路樹の銀杏も、もう黄葉の終わりがただった。

この大会には、例年、九十名以上の選手が出場する。ことしも九十八名がくにたち市民総合体育館に集合した。このうち、特別招待選手は宮崎正裕（全日本剣道選手権大会優勝）、宮崎史裕（全国警察剣道選手権大会優勝）、松木明（全国教職員剣道大会高校・大学・教育委員会の部優勝）、山成貴司（全日本実業団剣道大会最優秀選手）、谷裕二（全日本学生剣道選手権大会優勝）、寺地種寿（前回優勝）の六人。

大会はかれらを中心に展開するのか。いや、伊藤次男（神奈川）、権瓶吉孝（新潟）、小山正洋（静岡）、佐藤暢芳（岩手）、石田利也（大阪）、松田勇人（奈良）、馬本剛（広島）、近藤亘（徳島）、白水清道（福岡）、樋口義則（福岡）、飯田茂裕（千葉）の本年度全日本剣道選手権大会出場選手や、おや、全国警察剣道選手権大会で、宮崎史裕と決勝戦をたたかった高橋英明（京都）もいる。

となれば、試合は予断を許さない。

海外からは米国二名、韓国、中華民国各一名、あわせて四名の選手が特別参加している。

さて、大会は進行して、準々決勝戦（五回戦）に勝ちのこったのは、松木明—宮崎正裕、石田利也—宮崎史裕、権瓶吉孝—近藤亘、谷裕二—佐賀聡（北海道）。特別招待選手のうち前回優勝の寺地種寿、実業団最優秀選手山成貴司は、意外や序盤戦ですがたを消している。準決勝戦に進出したのは、宮崎正裕—宮崎史裕、近藤亘—谷裕二。教職員高・大・教委の部優勝の松木明が戦列から去った。

準決勝戦——

ここから試合時間十分、延長三分。

宮崎正裕と宮崎史裕の一戦は、全日本剣道選手権保持者と全国警察剣道選手権保持者との対決というだけでなく、公式戦ではじめての宮崎兄弟対決となった。宮崎史裕はヨーロッパから帰国直後の出場で、練習も調整もあきらかにじゅうぶんでないはずだが、準々決勝戦では身長で十二センチもまさる石田利也の面を攻めて試合の主導権をにぎり、延長二回、ついにあざやかな面でこの強豪をたおしている。

（負けられない）

と、正裕は思った。技術では五分と五分、それならば気持ちで勝つしかない。

（動いたら打つ）

両者、蹲踞から立ちわかれるや、ともに鋭くかけ声を発し、発し終わると同時に史裕がまっすぐ面に跳んだ。が、動いたら打つ。とっさに体を左に傾けて正裕の小手。ぴしり、これがきまった。試合開始から、まだ、十秒たっていない。そのあと、史裕がさかんにしかけるがまっとうせず、逆に中盤、史裕の動きがふっととまった瞬間、正裕がわれから跳びこんで史裕の小手を打った。

正裕が制した。

準決勝戦もう一試合、近藤亘と谷裕二の対戦は、谷が勝った。全日本学生剣道選手権大会優勝、東海大学四年の谷裕二は、三回戦で昨年度関東学生剣道選手権大会優勝の武井幸二（山形）とたいし、ラインぎわに追いこんでおいてでてくるところ面。四回戦で昨年度全日本剣道選手権大会二位の伊藤次男とたいし、面かさねて面。準々決勝戦で佐賀聡とたいし、延長二回、鋭い動きから跳びこんで面。そしていま、近藤亘とたいし、面かさねて面。すべて面で勝ちあがってきた。

さあ、決勝戦――

ことしの中倉旗争奪剣道選手権大会は、全日本剣道選手権大会優勝の宮崎正裕と、全日本学生剣道選手権大会優勝の谷裕二が最後にたたかうことになった。

両者、ともに中段。

谷は中心を抑えて果敢に面を攻め、宮崎は機敏にはたらいてしきりに小手を放つ。だが、谷の守りはかたい。長身を利した谷の面はしだいに宮崎を圧迫しているらしい。もうすぐ五分か。表から中心を抑えつつずいずいと間をつめた谷が、あっ、裏にかわって面に跳んだ。

宮崎、間にあかるい。じゅうぶんに見切って、かれの面前で落ちるはずの谷の竹刀は、だが、そこからさらにぐんとのびた。

宮崎の面が高鳴りした。

この大会、その年の全日本選手権者はなぜか優勝できないというジンクスがある。

さあ、宮崎の攻めがはげしくなった。宮崎、連打。もつれて離れぎわ、宮崎の引き面に旗一本、谷がかぶさって面にくるところ小手、これも惜しい。つば競り合いになった。あっ、宮崎の引き面、おう、これはきまった。

もとの位置にもどってこれで一本一本、宮崎がふいに床を蹴った。遠い距離を跳躍した宮崎は、着地と同時にたちすくんだ谷の面を打っている。

この瞬間、宮崎正裕の優勝が確定した。

十二月二十四日、宮崎史裕が東海大相模高校の同級生伊藤太子と、ロイヤルホールヨコハマで結婚した。宮崎家の両親にはうれしいビッグイベントがあいついだ一年だった。史裕の全国警察剣道選手権大会初出場初優勝にはじまり、史裕の結婚でしめくくられる。このあいだに、初孫克海誕生、正裕の全日本剣道選手権大会初出場初優勝、中倉旗争奪剣道選手権大会初優勝がはさまっていた。

しかも今夜は、クリスマスイヴだった。サンタクロースがプレゼントを持ってやってくる！

3

警察剣道のシーズンは二月にスタートする。剣道特別訓練員として選抜された約二十名の警察官は、第二機動隊や各警察署から保土ケ谷区狩場町の警察武道館に集合した。メンバーに新陳代謝があった。

平成三年二月、監督には、ひきつづき小河浄久が就任した。特練集合の初日だった。小河は宮崎正裕をつかまえて、

「なんだ、そのたるんだからだは……。そんなふうじゃ、優勝も一回きりでおしまいだぞ。もっと性根をすえてやれ。いつまでも去年の優勝をひきずって、いい気分になっているんじゃない」

と、あびせるようにいった。

小河が挑発しにかかっていることはあきらかだった。それにしてもずいぶんじゃあないか。

「いい気分になんかなっていません」

「なってる。顔でわかる。いいか、きょうから気持ちをきりかえろ。目標は連覇だ」

小河は正裕をにらみすえた。

(連覇)

正裕にとって、それは一瞬の閃光のようなことばだった。連覇か、とかれは思った、連覇か。

二月から三月、練習は体力づくりに重点をおき、午前はトレーニング午後は打ちこみ、いわば助走の段階で、本格的な稽古の開始はもう少しさきのことだが、いやそうでもないか、三月下旬には警察剣道選手権大会を視野にいれなければならない。

例によって、一軍編成と警察剣道選手権大会の代表選考とをかねた部内リーグ戦(総当たり試合)がおこなわれたのは、桜前線が横浜にはりだした季節だった。

警察剣道選手権大会は、前年度優勝者と準優勝者の上位二名にたいして出場資格をあたえている。昨年優勝をはたした宮崎史裕は、だから、この部内リーグ戦を免除される。

「いちぬけた」

とはいわなかったが、史裕は幸福そうだった。四日間もつづく精神と身体の重圧は、だれだって遠慮したい。

問題は前年度三位の宮崎正裕だった。だが、この優秀な成績ならば、たった一名の神奈川代表をしゃにむに奪取しなくとも、関東管区推薦の警察庁指定選手として出場することになるのではないか。それは既成の事実と思われた。なんといっても、かれは全日本剣道選手権大会の優勝者だった。

（わたしも部内リーグ戦を免除してもらえるのではないだろうか）

宮崎正裕の観測はあまい。

「関東管区の推薦がかかるなんて、いったいだれがきめたんだ。警察選手権にでたかったら、部内リーグ戦で勝て。全日本選手権優勝なんか関係ない。そんなプライドなんか捨ててしまえ」

監督小河浄久は、正裕の気持ちを見すかしたように、にくにくしく先制した。だが、宮崎正裕の祝勝会で、いちばん酔っぱらったのは小河だった。正裕は、かれが優勝した瞬間、小河がなみだを流してよろこんでくれたことを妻から告げられて知っていた。

関東管区推薦による警察庁指定選手として全国警察剣道選手権に出場させる、との報が警察武道館にとどいたのは、宮崎正裕が部内リーグ戦で精根つかいはたしたじぶんだった。

「これがもう少し早くわかっていれば、部内リーグ戦からはずしてやれたのに……惜しかったなあ」

と、小河はいい、にっとわらった。

平成三年度全国警察剣道選手権大会は、五月三十日、警視庁武道館で開催された。出場選手六十四名が四名ずつ十六組にわかれて予選リーグをおこない、これを抜けだした十六名が決勝トーナメントを争う。

宮崎正裕は予選リーグを、栄花直輝（北海道）、石田洋二（大阪）、谷川幸二（宮崎）とたたかった。かれらはいずれも学生剣道で活躍した経歴を持つ新鋭だった。強敵がそろった、という感がある。きびしい状況と思われたが、宮崎正裕は石田、谷川からそれぞれ二本、栄花から一本を奪って決勝トーナメント進出をきめた。

（調整がうまくいった。からだがよく動いている）

と、かれは思った。

前年度優勝の宮崎史裕は、スタートから難局に直面した。かれは予選リーグを藤元巌（京都）、平野亨（熊本）、吉野尚也（千葉）とたたかった。まず、藤元とたいしたが、なぜか生彩なく判定で敗れ、平野、吉野にも打突の機会を見いだせない。だが、両者をかろうじて判定で下し、二勝一敗。同じく有効打のないまま判定で二勝一敗となった藤元とならんだ。

宮崎史裕か藤元巌か。抽選によって決勝トーナメント進出がきまる。運は宮崎史裕に転がりこんだ。

「おい、おい」

と、正裕は弟にいった。

宮崎史裕はスロースターターとして定評がある。だが、それにしてもなんということか。

「ああ、びっくりした。なにをしているのか、途中でわからなくなってしまった」

宮崎史裕は兄にいった。

4

決勝トーナメント一回戦、宮崎正裕と穂園元孝（愛知）の対戦は積極的な打ち合いとなったが、中盤すぎ、つば競り合いからわかれて構えなおした直後、宮崎正裕が表から裏へのすばやい攻めで小手を奪った。また、宮崎史裕は予選リーグとは見ちがえるように変貌し、三上達也（広島）から前半で面二本を連取した。

二回戦（準々決勝戦）、宮崎正裕は清水新二（熊本）を追いこみ、手もとのあがったところを小手。宮崎史裕と石田利也（大阪）との対戦は、予選リーグをかろうじて抽選で抜けだした選手同士の試合となった。石田にもこの大会、優勝経験がある。中盤、石田が間合を切ってすうっと下がるところ、宮崎史裕がすばやい追い足からいっきに面に跳んだ。

二回戦を終わって、準決勝戦に進出したのは、宮崎正裕―高橋英明（京都）、宮崎史裕―寺地賢二郎（警視庁）の四名だった。昨年、宮崎正裕はくしくも準決勝戦で高橋とたいし、判定によって決勝戦進出を阻止されている。

（雪辱したい）

だが、高橋英明はきょう決勝トーナメント一回戦で清田高浩（福岡）を延長一回判定で、二回戦寺地種寿（警視庁）を小手でそれぞれ破り、準決勝戦に勝ちのこっている。好調とみていい。

準決勝戦がはじまった。

宮崎正裕と高橋英明との試合——

宮崎正裕が開始そうそうから積極的にしかけた。正裕の動きがとまったら、ドーンと高橋が面にいくだろう。防御にまわったらあぶない。正裕はさかんに打ってでて、打ち合いの中で勝機を発見すべきだった。

いま、中盤、なおも宮崎正裕が攻めつづける。そして、つば競り合いから離れておたがいに構えなおしたそのとき、とっさに正裕が小手に跳びこんだ。ううむ、絶妙の機会だった。きまった。

このあと、高橋は上下を攻めわけて正裕の構えをくずしにかかるが、正裕はなおもさかんに動きつつ攻撃をゆるめず、高橋がとほうにくれたか、ああ、息を吐いた。

瞬間、踏みこんだ宮崎正裕が床を蹴って面にいった。

宮崎史裕と寺地賢二郎の試合——

寺地はきょう決勝トーナメント一回戦で田口亮二（奈良）に延長一回小手、二回戦で山下智久（三重）に面を先取されたあと小手、小手でともに勝っている。

開始そうそう、宮崎史裕と寺地は打ち合い、寺地の技が一瞬とぎれるや、史裕がすかさず面に跳びこんだ。このあと、寺地は一本を取りかえそうとさかんに攻めるが、史裕のめまぐるしい動きに、ことごとく空を切らされてしまう。

やがて、時間がきた。

決勝戦は宮崎正裕と宮崎史裕の対決となった。正裕にとっては六年ぶりの、史裕にとっては昨年にひきつづく、全国警察剣道選手権大会の決勝戦進出となった。

公式戦でかれらが対戦するのは、昨年の中倉旗争奪剣道選手権大会準決勝戦についでこれが二回目だが、中倉旗の場合、史裕は青年警察官海外研修のため長期のヨーロッパ旅行から帰国して三日目の出場だったから、実質的にはこんかいがはじめてといっていい。

きょう、宮崎正裕、史裕、高橋滋の神奈川選手とかれらの付き添いたちは、警視庁武道館の一隅に陣地をこしらえてかたまっている。予選リーグのあいだはともかく、大会の経過につれてしだいに寡黙になっていった宮崎正裕は、準決勝戦が終わったいま、堅牢な貝殻のようにまったく口を閉ざしてしまった。

決勝戦にそなえて集中しているのか。優勝をめざす正裕がつぎの試合でたたかわなければならないのは、史裕だった。

その史裕といえば、かれはいっこうに屈託がなかった。兄が返事をするしないにおかまいなく、さかんに正裕に話しかけてくる。それも日常のたわいない話題が多い。

（やめてくれフミ、いまおまえと口をきいたら、お兄ちゃんの心がゆらぐ）

ついに、刻限になった。

「いくぞ」

正裕は立った。

平成三年度全国警察剣道選手権大会はいま決勝戦、試合時間五分、勝敗決するまで延長をくりかえす。

宮崎正裕と宮崎史裕、試合場中央にすすみよった両者は、竹刀を抜き合わせつつ蹲踞し、さあ、立ちあがった。おたがい間合をはかりつつともに中段。正裕がはやくもしかけて担ぎ小手、跳びこみ面でおびやかすが、史裕これに臆せず、反撃を開始する。おたがい早い動きから、めまぐるしい技の応酬となった。

試合は正裕のペースか。いや、史裕のペースか。ともにはげしく攻め、ともにあやうくしのいで中盤、正裕と史裕が同時に動作をおこした。正裕の小手、史裕の面。どっちが早い。

正裕の小手が早かった。

そのあとも、おたがい攻め合い、だが時間がきた。

平成３年度全国警察剣道選手権大会決勝、宮崎正裕が史裕に出小手を決め、念願の初優勝をとげた

大会初の兄弟対決は正裕が史裕を制し、念願の優勝をとげた。

（おれはフミの連覇をとめてしまった）

正裕に弟を思いやる兄の感情がどっとおしよせてきたのは閉会式のときだった。

宮崎正裕には、このあと世界剣道選手権大会が待っていた。大会は六月二十九日と三十日の両日、カナダのトロント市ヴァーシティアリーナで、二十五か国二十六団体の参加によって開催される。日本代表選手には、石田利也、伊藤次男、大沢規男、坂田秀晴、清水新二、高橋英明、寺地種寿、林朗、船津晋治、松本政司、宮崎正裕、武藤士津夫、山本雅彦の十三名が決定していた。

連覇——大会史上初

1

　第八回世界剣道選手権大会は、平成三年（一九九一）六月二十九日と三十日の両日、カナダのトロント市ヴァーシティアリーナで開催された。監督奥園国義、コーチ佐藤成明に率いられた日本代表チーム、船津晋治以下十三名の選手が現地にはいったのは六月二十四日だった。

　オンタリオ湖に面したこのカナダ最大の都市は、各国選手団の到着とともに気温が上昇し、大会前日の二十八日には、ついに三十度Cを突破した。

　真夏の最高気温が二十七度Cというこの地では、異例のことだった。

　そのせいだろう、日本代表チームの何人かが体調をくずした。各国選手団も調整に苦心しているらしい。そのなかにあって、韓国チームはトロント到着以後、連日、一日二回の超ハードな練習をおこなっているという情報だった。それは調整の領域をはるかにこえて、さながら強化合宿のようである、と。

こんかいの世界剣道選手権大会と関連の行事は、すべてトロント大学の施設を借りておこなわれた。大学の建物は一般の建物と混在して、市街地の広域にわたっていた。大会会場にあてられたヴァーシティアリーナは、ヴァーシティスタジアムと隣り合ってにぎやかなブルーア通りに建っており、もともとは冬の季節、もっぱらアイスホッケーのために使用される室内競技場だった。

六月二十九日、大会初日は個人戦がおこなわれた。気温は平年並みにもどって、木陰に吹く風は涼しい。もともと、これがオンタリオ州の六月の気候だった。個人戦に出場する日本選手は伊藤次男（神奈川県警）、大沢規男（埼玉県警）、坂田秀晴（富士河口湖高教員）、清水新二（熊本県警）、宮崎正裕（神奈川県警）、武藤士津夫（福島県警）、山本雅彦（大阪府警）の七名。宮崎正裕は日本選手の中でただ一人、個人戦、団体戦の両部門にダブルエントリーしている。

個人戦は三名一組の予選リーグを勝ちあがった六十二名の選手によって、決勝トーナメントをたたかう。日本、韓国、アメリカの三国は出場者全員の七名が決勝トーナメントに進出した。前回のソウル大会、日本は意外や亀井徹、西川清紀の二選手をともに韓国選手のため予選リーグで失ったが、こんかい両国選手は予選リーグでぶつからない。決勝トーナメント一回戦をクリアした日本選手は、だが、二回戦で大沢規男がW・ホ（韓国）に、三回戦で伊藤次男がC・S・オー（韓国）に敗れた。

準々決勝戦、坂田秀晴－E・オハラ（カナダ）、清水新二－C・S・オー、W・ホ－山本雅彦、宮崎正裕－武藤士津夫のベスト8がたたかい、坂田、清水、山本が勝った時点で、日本選手による四強独占が確定した。宮崎と武藤の対戦は引き小手と跳びこみ面で武藤が勝った。

全日本剣道選手権大会、全国警察剣道選手権大会をつづけて制した宮崎正裕には、ホップ－ステップ－ジャンプ、世界剣道選手権大会個人戦優勝の期待がかかっていた。決勝トーナメント、一回戦J・H・キム（韓国）、二回戦R・キシカワ（ブラジル）、三回戦Y・オニツカ（アメリカ）を下してあがってきたが、いま、武藤に敗れてジャンプはならなかった。

準決勝戦、坂田と清水の対戦は、中盤、坂田がいったん大きく担いでタイミングをずらしたところから面に跳びこんで一本勝ち、山本と武藤の対戦は、武藤が胸突きで先制したあと、面を打っていきすぎる山本を追い、山本がふりむくところ面を痛打した。

そして、決勝戦――

武藤士津夫と坂田秀晴の対戦は、延長三回、でてくる坂田の剣先をすっと抑えた武藤がまっすぐ面に跳んだ。全日本剣道選手権大会出場八回、武藤はトロント到着後体調をくずし、じゅうぶんとはいえないコンディションで大会を迎えたが、そのため一戦一戦たいせつにたたかったことが、かえってこの結果をもたらした。

六月三十日、大会二日目は団体戦がおこなわれた。団体戦は出場二十七チームが三チーム一組（九パート）にわかれて予選リーグをおこない、上位二チームがあらかじめ用意された組み合わせにしたがって、決勝トーナメントをたたかう。

団体戦に出場する日本選手は、高橋英明（京都府警）、松本政司（香川県警）、宮崎正裕、石田利也（大阪府警）、寺地種寿（警視庁）、林朗（北海道剣連職員）、船津晋治（大阪府警）の七人。対戦相手によって、これらの選手を使いわけることになる。緒戦のオーダーは、先鋒から高橋、松本、石田、寺地、船津、の順。

予選リーグでハワイ、ニュージーランドを、決勝トーナメントでイタリア、イギリス、台湾をいずれも五―〇で下した日本は、決勝戦で韓国と対戦した。決勝戦のオーダーは、先鋒から松本、宮崎、石田、寺地、林の順。

団体戦全試合出場の松本政司は、韓国の先鋒W・ホから小手を連取して、またしても日本快進撃の発端を開いた。次鋒宮崎正裕は、K・S・シンが引き面を打ってさらに小手にいこうとしたところ、すかさず小手、そのまま一本勝ちした。松本とともに団体戦全試合出場の中堅石田利也は、開始そうそう、J・K・キムから引き面を奪い、ついで引き面を放ったキムがそこから竹刀をたたこうとした瞬間、鋭く小手をきめた。

このとき、日本の優勝が確定した。

寺地種寿とG・M・チョンとの副将戦は両者の闘志が正面から衝突する試合となったが、結局、終盤はげしい打ち合いから寺地がチョンの出ばなに小手をきめて落着した。林朗とY・C・パクとの大将戦は、林が中心を攻め、ずしんと突いておいて、パクがでてくるところ小手をきめた。このあと、林の下がりぎわにパクが跳びこんで面。団体戦で日本が相手に奪われた最初で最後の一本となった。林はすぐさまパクがでてくるところ小手をきめた。

団体戦、日本選手は三十試合して三十勝、うち二本勝ち二十五試合、許した技わずかに一本……圧勝だった。

2

海の季節は終わったが、きびしい残暑がつづいている。トロントの世界剣道選手権大会から二か月がすぎた。平成二年度全日本剣道選手権大会優勝者の神奈川県警察剣道特別訓練員宮崎正裕は、いま、あらたな命題と直面していた。

連覇、だった。

だが、過去三十八回の全日本剣道選手権大会で、連覇はいちども記録されていない。連覇がいかにむずかしいものであるかを、その事実が証明していた。

連続出場こそ連覇の大前提だった。だが、前年度全日本剣道選手権大会の優勝者が本年度の大会出場を約束されたのは、平成元年度が最後だった。その後、この優遇措置は廃止された。平成二年度からは、たとえ前年度優勝者といえども、あらたに地方選考を経て、出場資格を得なければならないしくみだった。

そうか。特権を失った以上、宮崎正裕も日本武道館への切符を手にいれるために、ふたたびふりだしにもどって神奈川県予選を勝ち抜かなければならないのか。理屈をつきつめていけば、そうなる。それは微妙な問題だった。もしかしたら、予選で敗退という事態も起こり得る。宮崎正裕に連覇という命題よりもまえに神奈川県予選突破という問題がたちふさがっていた。

全日本剣道選手権大会の神奈川県予選は、例年九月、たいていは敬老の日におこなわれる。宮崎正裕は予選出場を当然のこととして、調整にはいった。いまさら、前年度優勝者にたいする推薦枠が撤廃されたことをなげいてみたところで、事情はなにも好転しなかった。

予選がまぢかにせまっていた。

神奈川県剣道連盟は、神奈川県に割り当てられた全日本剣道選手権大会の代表枠二つ（二名）のうち一つを、前年度優勝者宮崎正裕のために用意することを決定した。正裕は、目の前に突然するするとおりてきた命綱によって、天高く吊り上げられた海の遭難者のような気分だった。

全日本剣道選手権大会神奈川県予選は、岸根公園にある県立武道館で開かれた。のこる代表枠は一つだった。この一つをめぐって、当日、最後の試合に勝ちあがってきたのは、県警の伊藤次男と宮崎史裕だった。両者のうちどちらかが日本武道館直行の切符を手にいれる。だが、決勝戦は試合がながびいた。はてしなく延長戦がくりかえされ、結局、切符を手にいれたのは伊藤次男だった。

石川国体（剣道）は十月十三日から十六日まで、石川県羽咋体育館で開催された。宮崎正裕は神奈川（成年一部）の選手として出場した。神奈川は先鋒間太久矢、次鋒宮崎正裕、中堅三宅一、副将幸野実、大将川崎渉といった陣容で、愛媛、山形、京都を下し、準決勝戦は大将決戦。埼玉大将水野仁が面を先取したが神奈川大将川崎渉よく小手を返して一対一となり、このあと川崎が気力をふりしぼって胴をきめた。

決勝戦は地もと石川と神奈川の対戦となった。石川の陣容は先鋒赤倉一成、次鋒村田俊也、中堅升谷和雄、副将山下和広、大将久保良三。先鋒戦は延長二回、間が跳びこみ面をきめ、次鋒戦は一本一本から宮崎が出小手をきめた。これで王手。神奈川があと一人勝てば、十六年ぶり二回目の優勝となる。

だが、ここで石川は升谷が上段から面を連取、山下が胴、面を奪ってタイ、優勝の行方は大将決戦にもちこまれた。さあ、神奈川大将川崎と石川大将久保、有効打突のないままに時間がすぎて終盤、川崎が面と見せておいて小手にいけば、これがきまった。もう、時間がない。久保、二本目開始そうそう、面を返して追いついた。そして、延長戦。二回目、地もと優勝に執念を燃やす久保が川崎の竹刀を払って面にいった。

石川、初優勝。神奈川、まったく惜しかった。

北陸には秋が立っていた。

3

全日本剣道選手権大会の優勝で授与された天皇杯は、宮崎家のリビングルームにおかれたガラスケースに飾られた。ガラスケースには正裕がこれまで大会で獲得したカップや楯や記念品が陳列されているが、天皇杯はやはりとくべつの意味を持つものだった。

それはいつもそこにあった。

天皇杯はわが家の風景の一部だった。食事をするときも、おしゃべりをするときも、息子をあやすときも、天皇杯はいつも夫婦の視界の中にあって、沈潜した銀色の輝きを放っていた。

夫婦はときどきガラスケースから天皇杯をとりだし、やわらかい布でみがいた。正裕がみがくときもあれば、育代がみがくときもあった。手にとってみれば、天皇杯はいびつな円形をしており、無数の傷あとがついていた。口縁のゆがみにも一つの傷あとにも、優勝者とかれをとりまくひとびとの、ものいわぬ歴史が隠されているにちがいなかった。

天皇杯を返還しなければならない日が近づいていた。正裕は天皇杯をテーブルの上においてつくづくと眺め、

「こんなことだったら、もっとなんどもみがいておくんだったなあ。なんだか、あっというまに一年がたってしまったような気がする」

と、いった。

(離したくない)

という切実な愛着がここにきて日増しにつよくなっている。

「これがすがたを消したらさびしいわ。またすぐうちに帰ってきてくれないかしら」

と、育代がいった。

宮崎正裕にとって、この一年は好ましい環境で稽古に専念することが許された充実の日々だった。全日本剣道選手権大会にむけて調整もうまくいっている。だからといって、

「天皇杯をまた持って帰ってくる」

と、約束できるものではなかった。

「そう。これがお別れになるのかもしれない。それじゃあ、記念にわたしと天皇杯の写真を撮って

おいて」

と、育代は訴えた。

夫婦はまるで家族のだれかと離別するかのように、せつない感情とともに天皇杯とさよならをした。

全日本剣道選手権大会はあしただった。日本武道館でおこなわれた選手交歓会からわが家にもどった宮崎正裕は、昨年度大会の優勝ビデオをあかず巻きもどし、新聞雑誌の報道記事をくりかえしてめくった。それは自己暗示のための意識的な行為だった。

（つよい宮崎……）

のイメージがじぶんの中でじょじょに形成されていき、するとしだいに気持ちが安定した。

妻がしたくしてくれた夕食の献立に、正裕はあざやかな記憶があった。それは去年の大会前日とまったく同じ内容のメニューだった。

「縁起を担いで去年と同じ献立にしたのよ、これ、このまえの優勝メニュー……材料も同じお店で買いそろえたの」

と、育代がいった。

正裕には縁起やジンクスにこだわる習癖があった。かれの習癖は悪性のビールスのように、妻をも冒してしまったようだった。

――そして、大会当日の朝がきた。

宮崎正裕が起きたのは午前五時半だった。去年より一時間遅い。すでに朝食がととのっている。くりかえしていうが、かれは試合当日、けっして昼食をとらない。この食事で一日のエネルギーの総量をたくわえる。あとは消費するだけだった。

かれは道具一式を担いで、わが家をでた。京浜東北線鶴見駅から電車で東京駅に向かう。新品の革製の竹刀袋は、昨年の優勝祝いに、阿部功から贈られたものだった。正裕が寛政中学校のころ副校長をつとめていた阿部功は、少年の素質にいちはやく着目し、それいらい、いつも遠くからかれを見まもって、ときに道を開きときに心を配ってくれた人物だった。

（感謝をこめてつかわせていただきます）

と、正裕は心の中で阿部に告げた。

地下鉄東西線九段下駅を地上にあがってみると、九段坂の勾配を日本武道館に向かうひとたちのすがたがすでにあった。去年、かれがこの坂をのぼったのは、足もとにまだ明けがたの薄い闇が漂っている時刻で、かれは少年のようにういういしい感情にかりたてられながら、歩をはこんだのだった。

日本武道館の控え室に選手たちがそろった。

きょうもまた、去年と同じく宮崎正裕のために付き添ってくれる竹井浩司がわらった。

「おや、先輩、垂れがあたらしくなりましたね。手刺しじゃないですか。これはいい。去年の垂れはひどかったですからね」

「ミシン刺しの垂れはぼくだけだった」

「ことしはそうはいきません。先輩、うっかりあくびなんかしないでくださいよ。去年の優勝者だから、だれからいつ写真に撮られるかわかりませんよ」

「そうかなあ」

竹井は正裕の緊張をほぐすのがうまかった。

平成三年十一月三日、全日本剣道選手権大会が東京・九段の日本武道館で開催された。選手六十四名。開会式のあと、午前十時から二コートにわかれて一回戦が開始された。

宮崎正裕にははやくも難関が待っていた。一回戦でたいした遠藤寛弘（愛媛）はかれがにがてとする動く上段。宮崎は遠間から小手、片手突き、面と攻めたがいずれも決め手にはいたらず、試合が延長にはいるや、遠藤の動きがにわかに活発になって、宮崎の小手におっと逆胴、宮崎がでようとするところ小手。ともに惜しい。

いま、両者、つば競り合いからわかれて、あっ、宮崎が小手、同時に遠藤が片手で面に振りおろした。面、あったか。いや、ないない。このあと宮崎が小手を攻めつづけたが、有効打なく、結局、勝敗は判定にもちこまれた。

宮崎に旗三本。

一回戦が終わったところで、武藤士津夫（福島）が去った。

宮崎正裕は二回戦で渡辺正（埼玉）とたいした。宮崎、渡辺の竹刀を払って間に踏みこみ、おう、まっすぐ面に跳んだ。うむ、きまった。一回戦、生硬だった宮崎の動きに、ふだんの柔軟さがよみがえっている。渡辺の反撃は逆胴、小手、小手。宮崎が落ち着いてさばきつつ、試合は中盤、つば競り合いからわかれ一呼吸いれると見せて一転、床を踏み鳴らしてにわかに間合をつめてきた渡辺に、宮崎がそのまま弾かれたように床を蹴った。面、あった。

二回戦が終わったところで、伊藤次男（神奈川）、寺地賢二郎（東京）、山本雅彦（大阪）、高橋英明（京都）が去った。

4

三回戦から試合は一コートでおこなわれ、判定制はなくなる。宮崎正裕を待っていたのは、警視庁の寺地種寿（東京）だった。寺地悲願の優勝も、宮崎期待の連覇もおたがいこの難関をこえなければ実現しない。序盤、数合のあとさらに寺地が打ち気を見せるところ、寺地の竹刀を裏から払った宮崎が面に跳んだ。乗るか、乗られるか。着地するかに見えた地点から思いがけずもっとのびて、この跳躍、滞空時間がながい。乗ったのは宮崎、この面がきまった。

先取された寺地、われから先をかけて攻勢にでるが、宮崎の堅牢な防御は寺地の侵入を許さない。許さないばかりか、宮崎もまた攻めるべきところは攻めて展開は一進一退、ついに時間がきた。

三回戦が終わったところで、石田利也（大阪）—佐賀豊（北海道）、加治屋速人（埼玉）—栄花英幸（北海道）、佐藤勝信（東京）—宮崎正裕、中田善幸（兵庫）—田島稔（東京）の八名がのこり、伊藤明裕（兵庫）、山中洋介（鳥取）、山根庸宏（岡山）、木島秀幸（岐阜）、林朗（北海道）、寺地種寿、栗田和市郎（東京）、市毛哲（茨城）が去った。

四回戦、宮崎正裕は佐藤勝信とたいした。宮崎、佐藤の剣先を小刻みに殺しながら間にはいって、さあ、出ばなを打つか跳びこむか。だが、佐藤はこれをきらってことごとく間を切り、機会と見るや、われからしかけて宮崎の上、下を攻める。

延長、また延長、さらに延長。宮崎、佐藤の竹刀を大きく払いつつ前へでて圧迫し、佐藤が居着いたところで竹刀を左肩に担ぐと、糸で吊りあげられたように佐藤の剣先が宙に浮いた。

宮崎、すかさず、パン！　と小手。

四回戦が終わったところで、石田利也—栄花英幸、宮崎正裕—田島稔がのこって、佐賀、加治屋、佐藤、中田が去った。

これからひきつづき、準決勝戦二試合がおこなわれる。

準決勝戦第一試合、石田利也と栄花英幸の対戦は、延長一回、栄花が石田の出小手を打って勝った。そして第二試合は、宮崎正裕と田島稔の対戦。宮崎にとっては、寺地種寿、佐藤勝信につづく三人目の警視庁選手だった。

宮崎と田島は平成元年度、といえば一昨年のことだが、全国警察剣道選手権大会の一回戦で対戦し、じつに八回におよぶ延長戦をたたかっている。このときは、田島が面で勝ったが、さあ、この試合はどうなるのか。田島の剣道は、たとえば句読点に乏しく改行の少ない文章のように、休みなくじわじわと、しかも息ながく攻めたてるのが特長だった。持続性のある粘着質の剣道、とでもいえばいいか。

はたして試合はともに有効打なく、膠着状態のまま、延長戦にはいった。

あっ、跳んだ。田島が跳んだ。気配なくふいに跳んでまっすぐ宮崎の面。意表をつかれた宮崎、どうだどうだ、田島のアピールを審判は無視した。あぶなかった、宮崎。だが、ひるまず田島の剣先を、すっ、と抑えて小手。同じく、すっ、と抑えてこんどは面。

攻防はくりかえされるが、活発な停滞、といった様相をしめしている。延長をかさねてこれで四回。あっ、宮崎が突いた。片手突きがきまった。観衆がわっとわいたが、いや、審判に反応なく、部位をわずかにずれたか。数合して、またしても宮崎の片手突き。こんどこそ、きまった。いや、旗はひくとも動かない。田島が小手にいった。宮崎、これを抜いて面。田島、かろうじて逃げた。

——そして、延長五回。

田島が小手を連打し、そのまま逆胴にわたるところ、宮崎が上からかぶせて面。田島、小手。宮崎、退いた。田島、片手突き。が、あまりに遠い。田島が右手を竹刀にそえて体勢をとりなおそうとしたところ、風をおこした宮崎がその小手に跳びこんだ。

いよいよ、平成三年度全日本剣道選手権大会の決勝戦。宮崎正裕の連覇なるか、栄花英幸の初優勝なるか。連覇なれば大会史上初の偉業が達成される。栄花英幸は二十七歳、五段。身長百七十八センチメートル、百八キログラム、東海大学を卒業し、現在は札幌創成高校の教員である。

あっ、太鼓が鳴った。

両者、試合場中央にすすみよって竹刀を抜き合わせつつ蹲踞、いま同時に立ちあがった。ともに中段。栄花がしかけた。面。つば競り合いとなって離れぎわ、栄花が小手。またしてもつば競り合いからわかれもせで栄花が面。うむ、をいわせないぞという栄花の意思が観衆につたわってくる。つば競り合い。栄花、小手を打って離れ、宮崎が追いかけるところ栄花が迎え突きにでた。剣先は突き垂れをくぐって咽喉にもぐり、宮崎絶息して苦しいか、タイムを求めた。

試合が再開された。

宮崎が全身に気力を充実させて打ち気をしめすと、栄花、観衆に見えないこの圧迫をのけぞってやりすごし、やりすごすや宮崎の竹刀を抑えて面、いや、小手に跳んだ。体重百八キロ、日本武道

大会史上初の２連覇を達成した宮崎正裕一家。写真左より父重美、弟史裕の長男洸太郎（２か月）を抱く母好子、長男克海（１歳２か月）を抱く妻育代、宮崎正裕。優勝旗を挟んで弟史裕・太子夫妻、妻育代の両親

館がゆれた。宮崎、とっさに反応してこれを抜くや、真っ向から面、ずしん、と脳天の割れる音がした。きまった。

この一打で宮崎正裕の剣道にかれ本来のリズムが回復した。慎重なつば競り合い、足もとからさっとさわやかな風をまきおこして、あっ、宮崎が間を切った。

栄花、はやっているのか。打ち気もあらわに前へ踏みだそうとしたそのはな、宮崎が剣先をぐっと下げて栄花の動きを制した。制されて苦しい。たまらず、栄花もまた剣先を下げて精神の傾斜をもちこたえようとするところ、宮崎がつよいちからで弾かれでもしたかのように、まっすぐ栄花の面に跳んだ。

おお、と日本武道館がどよめいた。

これまでだれもなしとげられなかった二連

覇がいま達成された。どよめきは終わらなかった。ながいどよめきのあとで、一瞬の時間の空白があり、それからいっせいに拍手がまきおこった。

(天皇杯、また持って帰れるんだなあ)

宮崎正裕はふっと妻の笑顔を思いだした。

弟よ

1

平成三年度全国警察剣道大会が開催されたのは十一月八日だった。大会会場が警視庁武道館から日本武道館にもどった。

宮崎正裕がこの日本武道館で全日本剣道選手権大会二連覇をはたしたのは、わずか五日前の十一月三日だった。連覇はこれまでだれもなしとげたことがない。大会史上、宮崎正裕がはじめて実現した。かれは神奈川の大将として、全国警察剣道大会にきょう出場していた。

いま、決勝戦（一部）がおこなわれている。

兵庫、京都、愛知、警視庁四チームのリーグ戦を勝ちあがった警視庁と、大阪、神奈川、千葉、香川四チームのリーグ戦を勝ちあがった大阪との対戦だった。

警視庁は昭和六十一年度大会から五回連続して優勝し、いまや、警察剣道の頂点にあって君臨していた。この地位を死守して、記録をさらにのばしたい。

大阪が最後に優勝したのは、昭和五十六年度大会だった。それいらい、栄冠から遠ざかっている。そんなことがあっていいものか。かつて警視庁をしのぐ剣勢を誇った大阪にとって、この低迷は屈辱だった。低迷から脱出しなければならない。

先鋒は大阪の石田洋二が警視庁平尾泰から胴二本を連取した。六将は寺地賢二郎が判定で江藤善久を、五将は田島稔が小手で新屋誠をそれぞれ下し、これで警視庁はペースをつかんだか。

いや、四将は山本雅彦と武藤一宏の対戦、ともに面の一本一本から山本が判定で武藤を破って、大阪が警視庁に追いついた。三将は寺地種寿の面、玉置靖の胴、このあと寺地の面がきまって、警視庁が三勝、さきに王手をかけた。

あとがない大阪、だが、副将石田利也が小手、面を佐藤勝信から奪ってふたたび警視庁と肩を並べ、試合は大将同士の対戦によって決着をつけることになった。大阪大将船津晋治、警視庁大将川原力。開始からまもなく、川原が船津の剣先をすっと抑えて面に跳びこんだ。きまったか。いや、それより船津の小手が早い。その後、攻防をくりかえすがともに有効打なく、ついに時間がきた。

試合場の中央では大将船津晋治を擁して、大阪の選手たちが静かに泣いていた。大阪が獲得した十年ぶりの優勝だった。

昨年度惜しくも優勝を逸した神奈川は、この大会一部B組に属し、リーグ戦の緒戦を大阪とたたかった。この一戦は、事実上、B組代表決定戦だった。展開は一進一退してついに大将戦にもつれこんだ。

神奈川大将宮崎正裕、判定で船津に敗れた。

神奈川はこのあと千葉、香川を下して二勝一敗、決勝戦にすすんだのは三勝した大阪だった。


くにたち市民総合体育館（東京都国立市）で第十二回中倉旗争奪剣道選手権大会が開催されたのは、宮崎正裕が全日本剣道選手権大会で史上初の連覇をとげてから一か月後の十二月一日だった。

海外からの参加もふくめ九十名以上の選手が出場するこの大会では、その年度の全日本剣道選手権大会、全国警察剣道選手権大会、全国教職員剣道大会、全日本学生剣道選手権大会の優勝者と全日本実業団剣道大会最優秀選手、そして本大会前回優勝者が特別招待選手としてシードされる。

宮崎正裕は全日本選手権優勝、警察選手権優勝、前回優勝の三つのシード権を一人占めしていた。それじゃあ、主催者がプログラムを作成するのに困ってしまう。全日本選手権枠に同大会二位の栄花英幸を、警察選手権枠に同大会二位の宮崎史裕を、急きょシード選手にくりあげたというのだった。


大会は進行して、準々決勝戦（五回戦）に勝ちのこったのは、宮崎正裕―武井幸二（山形）、前原正作（鹿児島）―白石政雄（中央大学）、宮崎史裕（全国警察剣道選手権大会二位）―新二日市一利（宮崎）、清田高浩（福岡）―栄花英幸（全日本剣道選手権大会二位）。このうち、宮崎正裕

―前原正作、宮崎史裕―栄花英幸が準決勝戦に進出した。ここから試合時間は十分。

宮崎正裕と前原正作は、正裕が初優勝をとげた平成二年度全日本剣道選手権大会の準決勝戦で対戦している。このときは正裕の引き面で勝負あった。

前原、上段。片手で宮崎の小手に振りおろすが、宮崎はあらかじめじゅうぶんに間合を切ってこれにそなえている。逆に、宮崎が遠い間合をいっきに跳んで小手。応酬をくりかえしたあと、宮崎が前原の左小手をうかがって間合をつめると、前原が思わず手もとを下げた。宮崎、とっさに竹刀を回して前原の右小手へいき、これがきまった。前原の挽回はならず、時間がきた。

宮崎史裕と栄花英幸の一戦は、沈着に中心を攻めた栄花が中盤すぎ小手を奪ったあと、宮崎史裕に反撃の機会を与えなかった。

そして、決勝戦――

全日本剣道選手権大会と同じく、宮崎正裕と栄花英幸の対決となった。

蹲踞から立ちわかれるや、栄花は二、三回前後にさばいたあと中心を抑えてすうっとすすみより、そのまま面に跳びこんだ。一本……にならない。だが、試合ははやくも活発に動きはじめた。攻防は一進一退、栄花がでようとするところ、宮崎が面に跳びこんだ。一本……にならない。栄花の豪快な逆胴、このあと両者同時に床を蹴って面にいったが相殺された。

中盤にさしかかって、試合に停滞の気配が見える。攻撃の契機が見つからないのか、つば競り合いが多い。ときに両者ともにはげしく小手を打ち合うが、たちまちやむ。あっ、宮崎が栄花の剣先を吊りあげるように大きく竹刀を左肩に担いだ。栄花の手もとが浮くところ、宮崎の竹刀が一閃、栄花の小手を打った。きまった。いま、六分四十五秒。栄花にとって、宮崎の堅牢な防御をくずすのはむずかしかろう。

二本目——

開始と同時に宮崎がふっとでてきた。なぜだ、宮崎。その竹刀に沿ってずんずんと間合に踏みこんだ栄花が躊躇なく床を蹴って面に跳んだ。

宮崎の面が鳴った。

さあ、勝敗の行方はわからない。栄花に気迫があり宮崎に執念がある。

三本目——

数合あった。栄花が中心を抑えてでると、面を意識したか、宮崎はあまそうとする体勢になった。手もとが上がった。栄花が宙を浮いたその小手を、ぴしり、と鋭く打った。

栄花が勝った。正裕は中倉旗連覇を逸した。

2

宮崎正裕が剣道指導のため渡米したのは平成四年三月だった。これは米国剣道連盟から全日本剣道連盟に要請があったもので、家族同伴を可としていたので、かれは妻育代と息子克海をともなった。

ロサンゼルス、サンディエゴ、フレズノ、デンバー、ソルトレークシティー、ヒューストン、ニューヨーク、ロサンゼルスといった都市を、日程にしたがって飛行機で移動する四週間の米国旅行だった。訪問地では関係者の歓迎を受けた。

帰国すると、桜が満開だった。

五月二十五日、東京・九段の日本武道館。ことしも六十四名の選手が一堂に会して、全国警察剣道選手権大会が開催された。四人一組の予選リーグを抜けだした十六名の選手によって決勝トーナメントがおこなわれ、この大会、上位四強にのこったのは、宮崎正裕―寺地賢二郎、宮崎史裕―田島稔。はからずも神奈川と警視庁のたたかいとなった。

この準決勝戦の結果によっては、正裕と史裕の兄弟が昨年度と同じく決勝戦で対決することになるかもしれない。はやくも正裕は寡黙の殻にこもった。

きょう決勝トーナメント一回戦で穂園元孝（愛知）にくるしみ、からくも判定で勝った宮崎正裕は、二回戦（準々決勝戦）で石田利也（大阪）とたいした。緊迫した展開となったが、結局、時間内で勝敗決せず、延長にはいってつば競り合いから放った宮崎の引き面が一本となった。寺地賢二郎は決勝トーナメント一回戦で松本政司（香川）、二回戦で山中澄男（京都）を破っての準決勝戦進出だった。

準決勝戦、宮崎正裕と寺地賢二郎の試合は、活発な応酬があったが、延長戦になった。寺地の出ばな面、旗一本。正裕の跳びこみ面、旗一本。展開は互角に見えたが、ルールによってここで優劣をつけねばならぬ。寺地に旗二本、正裕に旗一本。宮崎正裕、警察選手権連覇はこの瞬間になくなった。

宮崎史裕は決勝トーナメント一回戦は恩田浩二（警視庁）と延長戦をたたかって判定勝ち、二回戦は高橋英明（京都）と延長戦をたたかって判定勝ち。田島稔は決勝トーナメント一回戦を下橋和彦（鹿児島）とたいして小手、二回戦で染谷恒治（千葉）とたいして面－面から延長戦、結局、判定勝ちを得た。

準決勝戦、宮崎史裕と田島稔の試合は、序盤は史裕が攻め終盤は田島が攻め、だが延長戦になって、田島が判定勝ちした。史裕の三年連続決勝戦進出は、この瞬間になくなった。

決勝戦――

田島稔が寺地賢二郎を小手で制した。田島の初優勝がなった。

平成四年十一月三日、東京・九段の日本武道館で開催された第四十回全日本剣道選手権大会、会場を埋めた観衆の最大の関心は、宮崎正裕の三連覇なるか、だった。はたしてなるか。

参加選手六十四名のうち三十一名が初出場だった。あきらかに選手の世代交代が進行している。宮崎正裕・史裕（神奈川）、石田利也・洋二（大阪）、栄花英幸・直輝（北海道）……三組の兄弟選手が出場しているのも話題だった。兄はともに三回出場、弟はともに初出場という数字の一致もおもしろい。

一回戦、宮崎正裕は滝下弘之（富山）を面で下した。宮崎史裕は渡辺昭治（大分）に延長一回、面で勝った。二回戦、正裕は松本政司（香川）を小手で下した。史裕は馬本剛（広島）に延長一回、小手で敗れた。馬本が巨体を折り曲げて、史裕の出ばなを打った。観客席からおりてきた小河浄久が、

「からだの動きがよすぎる。少し抑えていけ」

と、正裕にいった。

三回戦、宮崎正裕は稲富政博（佐賀）と対戦した。開始そうそうから、宮崎は機敏にはたらくが

有効とならず、時間終了近く、かえって稲富の惜しい面に館内がどよめいた。延長戦になった。いぜん、宮崎が攻める。稲富の面を返して宮崎の面、ううむ。

またも延長。宮崎が突いた。片手でひょうと突いた。だが、これは軽い。稲富が小手にいった。宮崎が面にいった。さらに延長。小手から面、宮崎。小手を打って、おう担いだ、それからどっと面にいった。旗が一本。

なにをせくのか、宮崎。猶予なくまたも小さくふりかぶってでようとするところ、稲富が見事にその小手を打った。

宮崎の本大会連勝記録は十四でストップし、この瞬間、かれの大会三連覇は消え去った。観衆の動揺が見えない波動となって正裕におしよせた。

潮はまだ満ちていなかった。風はまだ吹いていなかった。機運はまだ動いていなかった。あそこはがまんすべきところだった。試合にも流れがある。試合の流れがじぶんにめぐってくるまではみだりにはやってはならない。時機にかなうまで肉体の発動を抑制する強靱な精神が必要だった。結局は小河浄久がおそれていた事態になってしまった。

宮崎正裕が失ったものの大きさに気がついたのは、試合が終わったあとだった。全日本剣道選手権大会三連覇。前人未踏のこの記録のいちばん近い場所にわたしは立っていたのだ。立っているときはその実感がなかったが、はるかに遠ざかったいまになって、記録の意味を理解した。

第四十回全日本剣道選手権大会の決勝戦は、石田利也と石田洋二、大会史上初の兄弟対決となった。試合は利也が終始洋二を圧倒し、小手を奪って勝った。石田利也が初優勝をとげた。

3

十一月二十日、警視庁武道館で開催された全国警察剣道大会の一部A組は大阪、神奈川、京都、広島がリーグ戦をたたかい、B組は警視庁、兵庫、香川、埼玉がリーグ戦をたたかう。そして、それぞれの組のトップが一部の決勝戦で対戦する。

さて、A組——

神奈川の大将は宮崎正裕。まず、大将決戦で京都を制した神奈川は、つぎに連覇をねらう大阪と対戦した。先鋒は神奈川宮崎史裕、大阪石田洋二。判定で神奈川を下した大阪は、そのまま勢いにのるかと思われたが、こんなことがあるのか、逆に六将から大将までいっきに連勝したのは神奈川だった。大阪の大将は石田利也。広島をも破ってA組勝者となった神奈川は、B組勝者の警視庁と一部の決勝戦をたたかった。

だが、神奈川は先鋒から五将まで、意外や三連続の判定負け、四将辻山和良が田島稔の面に跳びこんで一勝をあげたものの、三勝中村和也が警視庁恩田浩司に跳びこまれて面を奪われ、このとき警視庁の優勝が確定した。
神奈川、惜しかった。

あたらしい年を迎えた。平成五年四月十六日、宮崎正裕に二男が生まれた。おりしも季節は陽春、空にきらきらと風が光り、地にかぐわしき香りがあふれている。邦春、と命名した。正裕は幸福だった。

平成五年度の全国警察剣道選手権大会は、七月三十日、警視庁武道館で開催された。宮崎正裕は予選リーグを勝ちあがって決勝トーナメント一回戦、石田洋二（大阪）とたいした。石田の防御はかたい。一瞬の隙をついて、面をきめた。

二回戦（準々決勝戦）、宮崎正裕は寺地賢二郎（警視庁）とたいした。おたがいに牽制しつつ、相手の気配をうかがう小手の打ちあい、だが、展開に乏しい。正裕が面に跳べば寺地があまし、寺地が小手にいけば正裕がかわし、決定打ないまま延長戦にはいった。寺地が正裕の中心を割って、上から面に乗った。

宮崎史裕もまた二回戦、田島稔（警視庁）に延長戦のすえ判定で敗れた。

決勝戦は寺地賢二郎と堤幸司（大分）の対戦となった。つば競り合いから引き面をきめて、寺地出場六回、念願の初優勝をはたした。

　ことしの全日本剣道選手権大会がまぢかにせまっていた。神奈川代表は宮崎正裕と史裕の兄弟だった。正裕の体調は上々といっていい。十月二十五日から徳島市城北高校体育館でおこなわれた東四国国体剣道大会（成年男子一部）で、重黒木英俊、宮崎正裕、三宅一、佐藤正二、福本修二の神奈川チームが優勝した。三重、高知、福岡、東京を下して決勝戦に進出し、大分を破って十八年ぶりの栄冠に輝いた。

　さいさきがよい。気分ははれやかだった。

　大会をあしたにひかえた宮崎家の華麗なる晩餐は、こんかいもまた、初出場初優勝を実現した三年前の食卓を忠実に再現したものだった。

「克海が生まれた年、あなたは優勝したのよ。ことしは邦春が生まれたわ。だから、あなたはあしたきっと優勝する」

　と、育代は美しい魔女のご託宣のように告げた。

「そうだといいなあ」

「うちのこどもたちは幸運をはこんでくるの」

　と、育代は断言した。

この食卓が奇蹟の晩餐になるかどうか、それはあしたになればわかる。

あしたがきた。平成五年十一月三日、日本武道館。第四十一回全日本剣道選手権大会は、全国の予選を勝ち抜いた六十四名の選手が参加して開催された。この大会、昨年準優勝の石田洋二（大阪）、一昨年準優勝の栄花英幸（北海道）、全国警察剣道選手権大会優勝の寺地賢二郎（東京）ら強豪が予選で敗退している。

だが、宮崎正裕がいる。宮崎史裕がいる。石田利也（大阪）、田島稔（東京）、高橋英明（京都）、松本政司（香川）がいる。山中洋介（鳥取）、稲富政博（佐賀）、寺地種寿（東京）、大沢規男（埼玉）、林朗（北海道）、西川清紀（東京）がいる。栄花直輝（北海道）、岡本和明（東京）、鍋山隆弘（茨城）がいる……だれが頂上までいっさんにかけのぼってもふしぎではなかった。

だとしても、レンズを通過する光線が一点にしぼられるように、話題はおのずと宮崎正裕のたたかいぶりに集中した。

宮崎正裕の優勝三回がなるか。

全日本剣道選手権大会の三回優勝は、過去に千葉仁がいるだけだった。

さあ、午前十時、二試合場にわかれて第一回戦がはじまった。

一回戦——

宮崎正裕は原安志（長野）と対戦し、小手を連取して勝った。どの選手にとってもそうだが、一回戦はその日の展開をうらなうリトマス試験紙として重要だった。面をねらったが警戒され、小手にいって成功した。小手がさえているようだった。

宮崎史裕はいきなり林朗（北海道）とたいした。史裕は前回、馬本剛に不覚のミスで敗れた。ここは慎重かつ大胆に心がけた。焦らす戦法だった。林はひろいふところをいかしながら、中心をはずさずに攻めた。史裕はその打突を見切って竹刀をふれさせない。戦法が功を奏したか、林に強引な攻めが目立ってきた。延長戦、史裕は林の面に応じて胴に返した。

一回戦で、出崎忠幸（東京）に敗れた山本雅彦（大阪）、高橋英明に敗れた染谷恒治（千葉）が去った。

4

二回戦——

宮崎正裕は栄花直輝とたいした。ここをこえたらのれる、という直感がした。面を攻めて栄花の手もとが上がると、すばやく下から小手を打った。宮崎史裕は寺地種寿とたいし、寺地がでてくるところ表から面に乗って先取、つづいてフェイント気味の面を打って寺地がよけそこなったところ、見すまして面をとらえた。

二回戦で進藤正広（秋田）に敗れた田島稔、高橋英明に敗れた西川清紀、鍋山隆弘に敗れた石田利也、新井常夫（埼玉）に敗れた松本政司が去った。

三回戦——

宮崎正裕は高橋英明とたいし、的を絞らせないようわれから前にでて機敏に動き、高橋の体勢が思わずくずれるところ、たくみに小手を奪った。宮崎史裕は立神藤一（兵庫）とたいし、速攻で小手、面を連取した。

三回戦が終わったところで、大久保和政（打太刀）と筒井栄信（仕太刀）によって、日本剣道形が打たれた。四回戦から一試合場になる。

四回戦（準々決勝戦）——

宮崎正裕は戸高静男（大阪）と対戦した。戸高は大阪府警のレギュラーをながくつとめている。きょう戸高は初出場ながら恒石章彦（高知）、吉沢篤（栃木）、対馬勝治（青森）を下して、ここまで進出してきた。

宮崎正裕、多彩な技でアップテンポに攻めたてて、ああ、小手惜しいなあ、戸高は胴をうかがっているようすが見える。打ち合いをくりかえすうちしだいにつば競り合いがながくなり、ついに延長戦にはいった。正裕にはきょうはじめての延長戦。正裕が戸高の剣先をたたくと、弾かれたように戸高が正裕の面に跳んで、これはあぶなかった。それから、何回か打突の応酬があった。戸高が前にでようとしたはな、一瞬の閃光のような速さで、正裕が戸高の小手を打った。

宮崎史裕は進藤正広と対戦した。進藤は三年前、宮崎正裕が初優勝をとげたときに三位に入賞した選手、きょうは二回戦で田島稔とたいし、延長戦で出ばな面で下している。開始そうそう、史裕の面に旗一本があがった。だが、進藤に動揺の気配はない。

進藤は構えをくずさず中心を攻め、あっ、史裕がでようとするところ小手だ。旗があがった、なしがいる、棄権がいる。三人の審判がそれぞれにわかれた。史裕、あぶなかった。

延長戦になった。史裕はくりかえして面に跳ぶがむなしい。ややあって、剣先の争いから、史裕がさっとのびて進藤の小手を襲った。

山中洋介と鍋山隆弘の一戦は、鍋山が面を先取するも、このあと山中に小手を奪われ、さらに場外反則をおかして退場した。出崎忠幸と岡本和明の一戦は警視庁同士のたたかい。延長四回、出崎が小手から面にわたって決着がついた。

きょう、選手控え室でとなりあわせに場所をとった宮崎正裕と史裕だが、いまは正裕がみずから史裕に距離をおいて、サブ道場でからだをならしている。準々決勝戦を終わって、二人はまぢかにおたがいの存在を認識するようになった。

正裕がめぐらした透明なバリアを、だが、史裕はたやすくくぐりぬけてしまう。極度に当惑しているのは、正裕に付き添っている竹井浩司と史裕に付き添っている重黒木英俊だった。

準決勝戦――

宮崎正裕と出崎忠幸の一戦は、正裕がめまぐるしい動きから打突をくりだし、出崎はこの動きにみずから攻めこむ契機がつかめない。動きは活発ながら見るべき打突がないますすぎて、もうタイムアップか。そのとき、正裕が出崎の竹刀を裏から払って小手にいき、きまらずと見てとるや大きく前へでながら竹刀を左肩に担いで、そこから面にいった。

宮崎史裕と山中洋介の一戦は互角の展開となった。山中が真っ向から攻めれば、史裕はすばやい動きからはっとするタイミングで打ちをだす。停滞して剣先のさぐりあいをつづけるうち、延長戦になった。

延長一回、史裕は小手をうかがって面。きまらずと見て体当たりしたが、山中の壁に衝突してみずから転倒した。再開して小手を中心にときどき面。ううむ、惜しい面があった。延長二回、史裕がこんどは突き、そして面。山中は史裕をくずせない。延長三回、山中がじりじりと攻めて小手にいくと、旗があがったが一本。まだどよめきがつづくなか、思案にくれた山中の面に史裕が大きく跳んだ。

さあ、いよいよ決勝戦——

全日本剣道選手権大会の決勝戦は、昨年度の石田利也・洋二につづき、本年度もまた宮崎正裕・史裕の兄弟対決となった。

いま、日本武道館の太鼓が、ドン、と一つ鳴った。宮崎正裕と宮崎史裕、試合場中央にすすみよって、竹刀を抜き合わせつつ蹲踞した。

さっと蹲踞から立ちあがるや、ともに中段。ああ、もう試合が動きはじめた。空気の沈澱をおそれるかのように、最初に攻めこんだのは正裕、ふりほどくように史裕が引き面を打って離れ、おっと、そこからこんどは床を蹴って面に跳びこんだ。

構えなおして、だが、ともに機会がない。

史裕が小手に跳びこんで、そこから胴へわたった。どんな心算があるというのか。

と——

そのとき、正裕が史裕の剣先をたたいた。また、たたいた。そして、その位置からまっすぐ史裕の面に跳んだ。史裕が剣先をひるがえして正裕の胴にいった。

だが、一瞬面が早い。

審判の旗はいっせいに宮崎正裕の面にあがった。

まだ、二分たっていない。このあと、宮崎史裕ははげしく攻めつづけるが、正裕の堅牢な守備を

平成５年、第41回全日本剣道選手権大会にて兄弟対決を制し、３度目の優勝をかざる

くずせない。

やがて、時間がきた。

（弟よ）

と、正裕は心の中で史裕を呼んだ。日本武道館の拍手は、まだ、鳴りやまない。宮崎正裕はいま、千葉仁の記録に並んだ。

かくして風は吹きやまず

1

それは一つの季節のようだった。春になればきまってこぶしが咲くように、ことしもまた、平成六年度の全国警察剣道選手権大会がやってきた。大会が東京・九段の日本武道館で開催されたのは、五月二十日だった。

前日、宮崎正裕は監督、コーチ、選手、付き添いとともに、県警の車輌で東京の宿舎にはいった。ことし神奈川を代表して出場するのは男女合わせて四選手、男子選手のもう一人は宮崎史裕だった。

車内は陽気だった。

全日本剣道選手権大会に出場するときとはよほどちがう。当日の早朝、たった一人道具を担いで駅に向かうあの孤独な緊張にくらべると、この車内には、いまのところ、まだリラックスした空気があった。

ことしもまた、出場選手六十四名が四名ずつ十六組にわかれて予選リーグをおこない、勝ちあがった十六名で決勝トーナメントを争うことになる。宮崎正裕と史裕は、兄弟で出場するときいつもそうするように、一つところに道具をかためて陣地をこしらえた。

宮崎正裕は予選リーグをクリアして、決勝トーナメントに進出した。好調だった。史裕も予選リーグをクリアして、決勝トーナメントに進出した。不調だった。いちどなんか、試合中無意識に場外にでてしまうというような重大なミスを犯した。結局は小手をきめて勝ったからよかったようなものの、判定にもちこまれたら反則は不利な要因になってしまう。みずから招いたピンチだった。

正裕がいった。

「おい、おい」

「うん、うん」

史裕がいった。

決勝トーナメント一回戦、宮崎正裕は清田高浩（福岡）から面と小手を連取した。宮崎史裕は倉成健治（愛知）を判定（延長一回）で下した。

二回戦（準々決勝戦）、正裕は江藤善久（大阪）とたたかった。江藤はきょう予選リーグで一昨年度の優勝者田島稔（警視庁）に判定で勝っている。そうだろう、動きがいい。上背で勝る江藤がその差を利した面で試合を有利にすすめているかに見えたが、延長戦に入るや正裕ががぜん先を取って面を攻めはじめ、おう、ほとんど同時に両者の面。江藤か、正裕か。どっちだ、どっちだ。旗はあがらない。結局、判定で正裕が勝った。史裕は寺地賢二郎（警視庁）とたたかった。ううん、両者、決め手となる打突ないままに延長戦に入った。直後、史裕が小手に跳びこんだ。

二回戦が終わった。準決勝戦に進出したのは、宮崎正裕―旭国雄（香川）、宮崎史裕―岡本和明（警視庁）の四名だった。正裕はいぜん好調だという自覚があった。史裕もリーグ戦の不調から脱して、本来の動きを回復しつつあった。正裕はここで負けたくなかったし、弟にも勝ちすすんでもらいたかった。だが、そうしたら、兄弟が決勝戦で対決することになる。

正裕は寡黙な剣士になったが、史裕は饒舌な剣士だった。かれらがまだこどもだったじぶん、連れだって稽古にかようと、わが家をでてから玄武館坂上道場に着くまでのあいだじゅう、

（フミは一人でおしゃべりしてたものなあ）

正裕のこしらえた沈黙の壁を、史裕はへいちゃらで突きくずした。正裕に付き添った竹井浩司と史裕に付き添った重黒木英俊の立場は微妙だった。

準決勝戦がはじまった。宮崎正裕は旭国雄とたいした。旭国雄はきょう準々決勝戦で平尾泰（警視庁）とたたかった。攻守の入れかわる早い試合展開となったが、結局、近間での小さな技の応酬から、旭がうまく平尾をひきだして、小手を打っている。予選リーグは三勝すべてが判定勝ちだったが、ここへきて調子をあげていると見ていい。はたして、旭が小刻みに動いて間合に踏みこもうとするのを、正裕が小手をおびやかして防いだ。近間での打ち合いがつづいて延長戦、逆に踏みこ

んだ正裕が、一瞬、動きに躊躇のあった旭の小手を打った。

宮崎史裕は岡本和明とたいした。岡本は昨年度、初出場で三位、ことしも決勝トーナメント一回戦栄花直輝（北海道）を判定で、準々決勝戦染谷恒治（千葉）を面でそれぞれ下し、ここまで進出した。染谷が面にくるところ、岡本はこれを右にさばいて逆に染谷の面に乗っている。

史裕と岡本、試合は延長戦にはいってにわかに活発になった。果敢な技の応酬がくりかえされ、史裕が面に跳びこめば岡本も同じく面に跳びこんだ。史裕、これをかわして岡本を押しもどす。どうした岡本、体勢がくずれかかった。こらえて構えなおすところ、史裕が面に跳びこんだ。


これまでだれの侵入も許さなかった聖地、竹井浩司と重黒木英俊がかたく防御してきた神奈川の陣地に、もはやたまりかねた関係者たちがつめかけてきて、おたがいに祝福のことばをかけあい、祝勝会のうちあわせをはじめた。

「どっちにしたって神奈川……」

たしかに、そう。

周囲がもりあがって先行し、試合をひかえた選手はとりのこされている。

いよいよ決勝戦——

全国レベルの公式大会、決勝で兄弟が対決するのは、これで三回目だった。一回目は平成三年度全国警察剣道選手権大会、史裕の連覇を阻止した正裕が警察選手権をはじめて獲得した。二回目は平成五年度全日本剣道選手権大会、はじめて日本一に挑んだ史裕を破って、正裕が千葉仁に並ぶ三度目の優勝をかざった。

そして、きょうのこの試合、たがいに手のうちをじゅうぶんに知りつくしているため、展開は緊張をはらみつつも起伏に乏しい。あっ、正裕が小手に跳びこんだ。惜しい。つば競り合い多いまま、延長戦。膠着するのをきらったか、正裕がやにわに、ひょう、と片手突きを放ったが史裕は落ち着いてさばき、さあ、どうする。史裕が正裕の竹刀を巻くようにして、間合に踏みこんだ。正裕がいった。ここが勝負どころか、正裕が思いきりよく面にいった。ぴしっ。ううむ、一瞬早く、史裕の小手がきまっている。

全国警察剣道選手権大会、宮崎史裕が四年ぶり二回目の優勝をとげた。

東西にわかれて礼をかわした二人が、もどってくるところはあの神奈川の陣地だった。監督、コーチ、付き添い、特練のなかまたちが拍手で兄弟を迎えた。

正裕は弟にいった。

「まいった」

史裕は兄にいった。

「ばんざい」

2

同年十一月三日、日本武道館で開催された全日本剣道選手権大会に、神奈川代表として宮崎正裕と史裕がまた出場をはたした。大会の興味は、宮崎正裕、まだだれも経験したことのない四回目の優勝なるか、昨年度大会と同じ兄弟対決の再現なるか……に集まっている。あのときは正裕が面で勝ったが、さきの全国警察剣道選手権大会では、史裕が小手で勝った。

この大会、二人で決勝戦まであがってこい。

だが、一回戦、宮崎史裕は初出場の岡市善寿（岩手）に敗れた。そんなことがあるのか。この大会、史裕は優勝候補の一角にのぼっている。はたして、立ちあがりから軽快に動き鋭い小手をしばしば放つが一本とはならず、延長三回、それならと面にいくところ岡市がその小手を打った。旗はためらいがちに小手にあがった。そうそうに兄弟対決の再現はついえた。

宮崎正裕は一回戦、初出場の稲田豊（山口）とたいし、立ちあがりざま面に跳びこんだ。やがて、時間がきた。二回戦、山下智久（三重）とたいし、面をおびやかしつつ延長二回、こんどは小手に跳びこんだ。三回戦、初出場の大橋英雄（兵庫）とたいし、開始直後、打ち気にはやる大橋が小手にこようとするそのはな、面に跳んだ。

そして、準々決勝戦、宮崎正裕は田島稔（東京）とたいした。この日、田島は一回戦初出場の古賀禎彦（佐賀）を延長七回小手、二回戦初出場の難波康弘（岡山）を小手、三回戦優勝経験者の林朗（北海道）を延長六回面で、それぞれ下している。

試合がいまはじまった。この両者がたいする場合、試合はいつも慎重な対峙から出発する。ともに中段。おたがいに間合をはかりながら、足の指はじりじりと床をかきむしっている。

微妙な感覚がみちびきだす緻密な計算。これまでの試合や稽古で集積された膨大な攻防のパターンが瞬時に選択され、かれらに命令を与えているのだが、観客にそれはわからない。

両者に応酬があるが、試合は停滞している。

延長戦。ながい剣先の模索があった。そして、ふいに田島が跳んだ。着地したとき、宮崎の面が鳴っている。

うむ、面金か。いや、詮索はいらない。のけぞってあまそうとした正裕の体勢が死に体になっている。旗があがった。宮崎正裕、四回目の優勝は先送りになった。

この大会、決勝戦に進出したのは、最多出場十四回、うち優勝二回の西川清紀（東京）と、昨年パリの世界剣道選手権大会で優勝した高橋英明（京都）だった。試合はすでに延長五回、両者が床を蹴って面に跳んだ。どっちだ、どっちだ。旗は西川にあがった。西川はこのとき、千葉仁、宮崎正裕と並ぶ全日本剣道選手権大会三回優勝の記録をこしらえた。

平成七年度の全国警察剣道選手権大会は、八月二十五日、警視庁武道館（術科センター）でおこなわれた。

参加六十四選手による試合の形式は例年とかわらない。ただし、準々決勝戦から判定制がなくなる。神奈川からは宮崎正裕、宮崎史裕、辻山和良の三名が出場した。

六十四選手のうち、宮崎正裕は出場十一回で最も多い。そのつぎが寺地賢二郎（警視庁）と松本政司（香川）の出場八回だった。

正裕は三十二歳だった。

もはやベテランといっていい。だが、ベテランはことしも活発だった。予選リーグ三試合のうち二試合を二本勝ちで制し、決勝トーナメントに進出してからも、一回戦を二本勝ちした。

この大会、正裕は好調だった。

決勝トーナメント一回戦を終わったところで宮崎史裕―高橋英明（京都）、染谷恒治（千葉）―辻山和良、中田勝巳（群馬）―金田孝行（埼玉）、宮上義広（熊本）―宮崎正裕がのこった。岡本和明（警視庁）、江藤善久（大阪）、寺地賢二郎、松本政司、石田洋二（大阪）、栄花直輝（北海道）がこれまでに戦列を離れている。

二回戦（準々決勝戦）、宮崎史裕と高橋英明の試合は注目の一戦だった。高橋、あいかわらずふところが深い。史裕の跳びこみ面はほとんど空を切り、延長戦、こんどは高橋が小手に跳びこんだ。

辻山和良が染谷恒治に、宮崎正裕が宮上義広に、それぞれ勝った。

準決勝戦、高橋英明と辻山和良の試合は両者ともに面を一本ずつ取り合って延長戦、高橋の小手がきまった。初出場の辻山、ここまでよくたたかった。かれはきょう、予選リーグで下橋和彦（鹿児島）、江藤善久、一回戦で岡本和明、二回戦で染谷恒治を下した。宮崎正裕は金田孝行に小手で勝った。

決勝戦——

宮崎正裕は高橋英明とたいした。試合開始、正裕は高橋の竹刀を払ってまっすぐ面に跳び、一本にはならなかったものの、これで試合をじぶんのペースにもちこんだ。

おっ、また宮崎が面にいった。あっ、また宮崎が面にいった。高橋は宮崎の出ばなに体を入れて、前でさばいている。高橋が、ひょう、と片手突き。外れてこんどは、遠間から面に跳んだ。

延長戦。さらに延長戦。ああ、宮崎正裕が剣先で床をすりながらぐいぐいと間合に跳びこんでいく。下からつめよられて、高橋の手もと、少し浮いたか。一閃、宮崎の剣先がひるがえって、高橋の小手を打った。

全国警察剣道選手権大会、宮崎正裕が四年ぶり二回目の優勝を勝ちとった。そうか、あれからもう四年がたったのか。

3

同年十一月三日、日本武道館、全日本剣道選手権大会。宮崎正裕（神奈川）は、三回戦で高橋英明（京都）とたいして延長三回、小手に敗れた。

昭和五十九年からつづいてきた段位による出場資格制限が撤廃され、この大会から出場資格二十歳以上とあらためられた。四段以下の選手が十二年ぶりに出場した。大会は活況を呈した。

優勝経験三回の宮崎正裕と西川清紀（東京）が出場し、四回優勝というあらたな記録も期待されたが、西川は一回戦で山中洋介（鳥取）に敗れた。宮崎は一回戦重富洋一（富山）に面と小手、二回戦平尾泰（東京）に延長一回戦でともに勝ち、三回戦で高橋英明とたいした。

立ちあがりから積極的に攻めて宮崎優勢のうちに試合は進行したが、延長戦に入るや高橋が反撃に転じてじょじょに圧力を加え、延長三回、ひさびさに宮崎が表から竹刀をおさえて攻めこむところ、高橋が下から回して小手にいった。

この大会、決勝戦は石田利也（大阪）と高橋英明の対決となった。高橋はこの大会二回連続の決勝進出だった。さきの全国警察剣道選手権大会もふくめれば、三回連続となる。延長一回、つば競り合いからの離れぎわ、石田利也が絶妙な面を打って、勝敗が決した。

全国警察剣道選手権大会は昭和四十四年から二十七年間、段位の区別なく一クラスでおこなわれてきたが、平成八年度の大会から五段以上の部と四段以下の部の二クラスでおこなわれることになった。

若手に出場の機会を与えよう、というのが意図らしい。

これにともなって、予選のリーグ戦は廃止され、大会はトーナメント戦だけになった。一回戦から三回戦まで、時間内に勝敗が決しない場合は延長一回のすえ判定、準々決勝戦以上は勝敗が決するまで延長戦をくりかえす。

本年度の全国警察剣道選手権大会は、五月十七日、日本武道館で開催された。北の丸公園の木々の緑に光の粒子たちが散乱している。

昨年度優勝した宮崎正裕は、この大会に連覇がかかっている。開会式直後の第一試合、かれは古賀禎彦（佐賀）とたいし、おや、突きで退けた。二回戦、川上敦（福島）とたいし、面を連取した。一本は出ばな面、一本は相小手面だった。三回戦、棗田英雄（広島）とたいし、剣先でつよく攻め、こらえきれず面にでてきた棗田の小手を打った。

三回戦が終わった段階で、出場した六十四選手のうち、宮崎正裕—寺地賢二郎（警視庁）、栄花直輝（北海道）—金田孝行（埼玉）、織口剛次（神奈川）—染谷恒治（千葉）、増井将次（福島）—高橋英明（京都）の八選手がのこっている。

準々決勝戦、さあ、これから判定がなくなる。宮崎正裕は寺地賢二郎とたいした。団体戦ならばともに大将、おたがい手のうち知りつくしているが、それだけにここは負けられない。やや下げた剣先から面をうかがった寺地は、大きな技を一本、二本とくりだした。二本目は、ああ、宮崎あぶなかった。

宮崎が自重して機会を待つうちに試合は延長戦にはいった。攻防がはげしくなって、寺地の小手あったか。ない。寺地の片手突きあったか。ない。決着がついたのは延長三回目だった。剣先の攻め合いから、宮崎が小手に跳びこんだ。

準々決勝戦が終わった段階で、宮崎正裕―金田孝行、染谷恒治―高橋英明の四選手がのこっている。

準決勝戦がはじまった。

宮崎正裕と金田孝行の対戦。準々決勝戦で栄花直輝を面に下した金田が気合じゅうぶんに攻めこもうとするところ、宮崎は両膝の関節をばねにつかいながら、体勢を沈みこませて下から牽制している。

金田の小手、宮崎の面。同時に動作を起こしたが、これは宮崎の面だ。

そして、二本目――

開始されるや、宮崎正裕が床を蹴ってまっすぐ金田孝行の面に跳んだ。金田、茫然と立ちすくんでいる。

染谷恒治と高橋英明の対戦。じっと構えた高橋、剣先でちょんちょんと二回、染谷の動静をさぐると、その位置からいっきに床を蹴った。遠い間合を跳んだ高橋がなだれこむように着地した瞬間、染谷の面がしたたかに鳴っている。

ついで二本目、高橋が裏から攻めこんで、またしても面を打った。

決勝戦——

宮崎正裕と高橋英明の対戦。昨年度にひきつづき、両者が優勝を争うことになった。昨年は宮崎が試合を制して、四年ぶり二度目の優勝を獲得した。

だが、ことしはわからない。

両者、蹲踞から立ちわかれ、緊張をはらんだ時間が流れている。宮崎も高橋も、ともに慎重におたがいの気配をさぐり、発動の機会をうかがっている。手のうち知りつくし、それゆえうかつに動けない。

高橋が小手を打った。宮崎が小手から面にいった。いま、なにかが起きようとしている。突然、宮崎が二歩間合に踏みこんだ。間合を切れ、高橋。だが、かれに一瞬、逡巡があった。

宮崎が、ぬっ、と高橋の咽喉を諸手で突いた。

宮崎正裕、全国警察剣道選手権大会連覇、三回目の優勝がきまった。

4

宮崎家のリビングルームにおかれたショーケースから、あの天皇杯が去って二年がすぎたが、かつて天皇杯が占めたその位置には、なにもかざられていない。そのスペースは天皇杯がいつか帰ってくる日のためにあけておくという暗黙の了解が夫婦のあいだにあり、正裕も育代もそこになにかをおさめようなどとは、これっぽっちも思ったことがなかった。

全日本剣道選手権大会はあしただった。

「天皇杯が帰ってきてくれたら、こんどこそわたし、まいにちみがいてあげることにするわ」

と、育代がきっぱりといった。

（このまえも同じことをいっていたような気がするなあ）

と、正裕はぼんやりと思った。

たしかにそれは、大会前夜、妻がきまってとなえる勝利のための愛すべき呪文だった。

平成八年十一月三日、日本武道館。第四十四回全日本剣道選手権大会は、全国の予選を勝ち抜いた六十四名の選手が参加して開催された。この大会、準決勝戦から天皇、皇后両陛下のご臨席を仰ぐことになっている。四十四回を数える全日本剣道選手権大会の歴史の中で、試合が天覧に供されるのははじめてのことだった。

こんかいの大会を、平成天覧試合、と呼ぶひとたちも多い。

神奈川代表として、宮崎正裕と宮崎史裕が出場する。

一回戦。宮崎正裕は佐藤誠（兵庫）を面で下した。宮崎史裕も寺田潤（秋田）を面で下した。延長戦だった。あいかわらず、スタートが遅い。山中洋介（鳥取）、金田孝行（埼玉）、松本政司（香川）らが去った。山中十回出場、開会式で賞状と胴が贈られている。

二回戦。宮崎正裕は出崎忠幸（東京）を面、小手で破った。宮崎史裕も重富洋一（富山）を小手で破った。山本雅彦（大阪）、佐藤充伸（宮城）、小山正洋（静岡）、栄花直輝（北海道）、えっ、高橋英明（京都）らが去った。本大会連続二位の高橋は、これもまた、過去に二位の実績を持つ栄花英幸（北海道）と対戦した。高橋は栄花の面に屈した。

三回戦。宮崎正裕は江藤善久（大阪）を小手で下した。宮崎史裕も近本巧（愛知）と面―面の一本ずつから延長戦、小手で下した。石田利也（大阪）、染谷恒治（千葉）、宮上義広（熊本）、棗田英雄（広島）らが去った。のこったのは、原田悟（東京）―鍋山隆弘（茨城）、宮崎史裕―稲富政博（佐賀）、栄花英幸―渡辺大三（青森）、宮崎正裕―川原勝利（東京）の八選手である。

準々決勝戦。宮崎正裕は川原勝利を面で破った。突きからはいった川原にたいし、じょじょに反撃に転じて面を先取し、このあと川原の小手にあわやの場面はあったものの、冷静にさばいて防御をくずさなかった。宮崎史裕は稲富政博を攻め、稲富が思わず小手を浮かすところこれを打って破った。

原田悟と鍋山隆弘の対戦は、延長戦、原田が面をきめ、栄花英幸と渡辺大三の対戦は、栄花が面を連取した。


準決勝戦——

ここからの試合は天覧に供することになる。両陛下のご臨場があり、アリーナに設けられた特別席に着席された。天覧試合に出場することになったのは、宮崎史裕—原田悟、宮崎正裕—栄花英幸の四選手だった。

すでに沈黙のカプセルに閉じこもって精神の集中をつとめてきた宮崎正裕が、ふっと史裕のまえに立ちはだかっていった。

「フミ、上にあがってこい。きょうはおれとおまえで決勝戦をやろう」

「やろう」

と、史裕がこたえた。

宮崎史裕と対戦する原田悟はこの大会初出場、筑波大学からことし警視庁にはいった二十三歳の新鋭だが、きょうの活躍はめざましい。一回戦で中原正史（山形）を面、二回戦で栄花直輝を面、三回戦で石田利也を小手、準々決勝戦で鍋山隆弘を面、いずれも延長戦で破って、ここまで進出してきた。とくに昨年度優勝者石田利也の連覇を阻んだ小手は、日本武道館を埋めた観客がどよめくほどに見事なものだった。

宮崎史裕と原田悟、中央でいま蹲踞から立ちわかれた。ともに、中段。試合は慎重な気配のさぐりあいからはじまった。極度の緊張が両者の四肢からのびやかな伸縮をうばっているのか、動きにやや硬さが見られ、つば競り合いが多い。

だが、中盤、膠着状態を破って原田が小手に跳びこみ、史裕がこれを抜いて面にいった。ともに有効とならず。両者、間合に深くはいってもがくように競り合っている。たまりかねたか、史裕が面にいった。そこに原田の小手。あっ、きまった。旗があがって、場内からいっせいに拍手がおきた。

位置にもどって二本目、原田が突いた。史裕、よく見た、面。ううむ、不十分か。時間が押してきた。史裕、諸手突き。きまらずと見て、いっきに面に跳ぶところ、原田が小手を放つ。試合は終盤にきて沸騰したが、ついに時間がきれた。

原田が勝った。

宮崎正裕と栄花英幸、両者は平成三年度の全日本剣道選手権大会の決勝戦で対戦している。このとき、正裕が勝った。一か月後、両者は中倉旗争奪剣道選手権大会の決勝戦で、ふたたびまみえた。このとき、栄花が勝った。身長百七十八センチ、体重百キロ、ひとたびかれの攻撃を許してしまえば、これを防ぐことはむずかしい。

両者、いま、試合場の中央。栄花の攻撃を封じるには、正裕がわれから攻撃をつづけていくしかないか。正裕の意図を察知してか、序盤からしきりに出ばなをうかがってきた栄花は、中盤、正裕が面にいくところ、小手を放って、ううむ、惜しい。

栄花英幸はきょう一回戦で清田健吾（福岡）、二回戦で高橋英明を面、三回戦で愛甲和彦（大阪）を面、準々決勝戦で渡辺大三を面、面。ことごとく面で破りここまで進出してきた。つば競り合いからの引き面は、かれがひそかに得意とするところで、この大会でもその威力を発揮している。

さあ、つば競り合いになった。栄花、いくか。だが、色さえ見せず、ふいに面を打って跳びずさったのは正裕だった。見事にきまった。栄花に動揺がある。このあと、正裕がすかさずたたみかけて攻めた。

正裕、面に跳んだ。栄花、小手を合わせたが、遅い。

宮崎正裕、つよい。


平成天覧試合の決勝戦は、宮崎正裕と原田悟の対決となった。宮崎正裕は平成二年度、全日本剣道選手権大会にはじめての出場で優勝していらい、これで連続七回の出場となる。この間、優勝三回、相手に与えた本数はわずかに三本にすぎない。いままた決勝戦に勝てばかつてだれもなしとげ

平成８年、第44回全日本剣道選手権大会決勝戦、天皇・皇后両陛下が観戦されるなか、試合場の東西にわかれて相互の礼をする宮崎正裕（左）と原田悟

たことのない四回目の優勝となるが、はたして試合はどのように展開するのか。新鋭原田悟もきょうまぶしいほどに輝いている。

いま、両者、試合場の東西にわかれてそのときを待っている。日本武道館の太鼓が、ドン、と鳴った。

にわかに風が吹きはじめた。

本書は、月刊『剣道時代』二〇〇二年六十七月合併号から二〇〇三年十一月号まで連載したものを一冊にまとめたものである。

写真・資料提供

宮崎正裕氏
宮崎史裕氏
大城戸 功氏
川野雅英氏（全日本剣道連盟）
徳江正之

著者紹介

堂本昭彦（どうもと・あきひこ）
作家。剣道分野の著作では『鬼伝中倉清烈剣譜』『修道学院の青春』『中山博道有信館』『中山博道剣道口述集』『高野佐三郎剣道遺稿集』『羽賀準一剣道遺稿集』『明治撃剣家風のごとく発す』『明治撃剣家春風館立ち切り誓願』ほか多数。

天馬よ 剣道宮崎正裕

2003年11月10日　　初版 第一刷発行

著　者　堂本昭彦《どうもとあきひこ》
発行人　橋本雄一
発行所　株式会社体育とスポーツ出版社
〒101-0054 東京都千代田区神田錦町2-9　大新ビル
TEL　03-3291-0911
FAX　03-3293-7750
振替口座　00100-7-25587
http://www.taiiku-sports.co.jp
印刷所　田中製本印刷株式会社

落丁・乱丁本はお取り替えいたします。
ISBN4-88458-017-6 C0075　定価はカバーに表示してあります。